밟히고 짓이겨져도
산 사람은 살아야 하는 이야기

질경이의 노래

질경이의 노래

이동욱 장편소설

밟히고 짓이겨져도
산 사람은 살아야 하는 이야기

도서출판
백년동안

금강산에서 흐르기 시작한 샘물과

태백산에서 흘러내린 개울물이 설마 두물머리에서 만날 줄은

누구도 몰랐을 것이다.

- 실화를 토대로 한 이야기 -

차례

머리말

생명(生命)이란 '살아있으라는 명령'이다.

생명체는 그러한 명령을 수행하는 존재이다.

생명체는 외부로부터 가해지는 '스트레스(Stress)'와 '파괴(Disturbance)'라는 위협을 회피하는 본능이 있다. 가장 치명적 위협은 '스트레스'이고, 두 번째 위협이 '파괴'이다. '파괴'에 노출될 경우 노출된 부분만 손상을 입지만 '스트레스'는 몸 전체가 반응하며 시스템 전체가 손상을 입는다.

한국 현대사에서 스트레스와 파괴에 노출되어 가족 구성원들이 치명적 손상을 입으면서도 끝내 살아낸 사람들은 부지기수일 터이다. 다만 그 사례가 너무나 방대하고 다양한 나머지 그들의 불행이나 불운을 부끄럽게 혹은 하찮게 여기고, 어느 일방의 진영(陣營) 논리나 가치관에 함몰되어 상대의 아픔에는 무심한 태도가 보편화 된 듯하다. 이런 태도가 한국인의 성품을 더욱 모질게 만들고, 정신의 진화를 더디게 하는 것은 아닐까.

1998년에 필자가 조선일보 기자로서 '나는 공산당이 싫어요'의 주인공 이승복과 그 가족들을 취재한 이후 지금까지 그들이 살아낸 20년 가까운 세월을 목격해 왔다. 동시에 울진삼척으로 침투한 무장공비 120명 중 자수하여 생존한 '전직 공비'를 찾아 그의 삶도 추적하고 지켜보았다. 이승복 일가는 화전민의 자식들이었고, 그들을 습격했던 무장공비의 일가는 소작민의 자식들이었다. 한국 현대사의 '스트레스'와 '파괴'의 힘은 그들의 삶을 찢고 짓이겼으며 잘라내 버렸다. 거기서 용케 살아남은 사람들은 삶의 경쟁에서 변방으로 밀려난 존재들이었다.

2016년 봄에 이승복 생가터를 오르다 산길에 지천으로 깔린 '질경이'를 보자 불현듯 '질경이'가 바로 이들의 삶을 빼다

박은 생명체란 사실을 발견했다. 북한에서 '길짱구'라고도 부르는 '질경이'는 밟히는 걸 좋아해서 길 위에서 살아가는 식물이 아니다. 모든 생명체들이 선호하는 좋은 환경으로부터 밀려났기에 어쩔 수 없이 밟히고 짓이겨지는 길 위에서 적응하고 생존하는 식물이다. 더구나 가시나 독성으로 무장하고 자신의 불운함을 분풀이하는 게 아니라 잎은 나물(채소)로, 씨앗인 차전자(車前子)는 달여 마시는 차(茶)로 세상에 헌신하는 마음씨 예쁜 생명체이다.

밟히면서 피는 질경이와 기구한 삶을 관통한 사람들은 그 속성이 참으로 닮아 있다. 무엇보다 아무나 살아낼 수 없는 불운과 불행한 여건 속에서도 현실에 적응하며 선(善)하게 살려는 긍정적이고 정직한 삶의 태도가 그러하다. 한 사건을 스쳐간 두 집안의 이야기를 엮는 작업에서 필자의 역량이 부족하다는 점은 익히 알고 있다. 하지만 그 점을 핑계로 침묵하고 망각의 강물에 흘려보내기 보다는 부끄러움을 무릅쓰고라도 기록에 남기는 편이 그나마 나을 것이란 판단에서 책을 내게 되었다. 시간과 분량 제한이란 핑계가 있어 1권을 내게 되었지만 여건이 허락하면 뒷이야기를 계속 쓰겠다는 결심을 나

자신과의 약속으로 여기에 기록한다.

이 책이 나오기까지는 여러 사람들의 도움을 받았다.

직접적으로는 이승복의 일가인 이학관·김인자 부부로부터 20년 가까운 신뢰를 얻은바 취재과정에서 많은 신세를 지게 됐다. 감사의 표시에 앞서 이 글 또한 그 분들의 삶에 아무런 장애가 안 되기를 노심초사하는 심정이다. 이 같은 심정은 남파 후 자수하여 힘겨운 노년을 보내는 김익풍 선생에게도 여전하다.

필자의 은사(恩師)로서 어리석은 필자에게 정치 사상의 토대를 구축해 주신 전 한림대학교 총장 이상우 선생님, 북한체제의 본질을 오랜 시간동안 필자에게 강의해 주신 전 통일부 장관 강인덕 선생님, 2008년 여름 한 달 동안 강원도 다목리에서 필자의 아둔한 문장력을 다듬어주고 길러 주셨던 이외수 선생님, 이 세 분으로부터 정신적 지원을 분에 넘치게 받았다. 이 지면을 빌어 큰 절을 올린다.

세월호 사고를 취재하여 『연속변침』이란 책을 냈다가 무척 곤궁한 처지로 내몰린 적이 있었다. 삶의 바둑판에서 축(軸)몰이를 당하던 절망스런 형국이었는데 어두운 밤하늘의 별빛처럼 물심양면으로 격려와 용기를 심어주신 김박 회장님께 깊은 감사를 드린다. 평생 잊지 못할 은혜를 입었다. 그런 의미에서는 임우근 회장님의 격려도 빼 놓을 수 없다. 기업 환경이 어려운 시절에도 아무런 내색없이 필자를 염려해 주시고 격려해 주신 점을 기억하고자 한다.

그 절망의 연장선상에서 상처입고 지쳐 나자빠진 필자를 위해 기도하고 격려해 주신 전춘희 여사, 海警의 이대행 경위 부부, 이 호 목사, 배진영 기자, 홍훈표 군에게도 심심한 감사를 표한다. 축(軸)에 몰린 돌이 살아나게 해 준, 또 다른 의미에서 생명의 은인들이다. 특히 홍훈표 군은 마감직전에 탈고한 원고를 밤새 교정을 봐주어 큰 신세를 졌다.

상투적으로 출판사 대표에게 감사를 표시하는 것과 달리 필자는 '백년동안' 김광숙 대표에게 특별한 감사를 표시하는 바다. 김 대표는 9월 초순부터 거의 2주 간격으로 마감을 독촉해왔고 연기에 연기를 거듭할 때마다 협박에 가까운 스트레스를 필자에게 가하면서도 무려 두 달간을 견뎌내 주었다. 경의를 표하지 않을 수 없는 이유이다.

또한 이 책은 한국출판문화산업진흥원의 우수출판컨텐츠 지원에 응모하여 선정된 결과 출판진흥원의 후원을 받게 되었다. 신세를 졌으므로 고마움을 표시하며 글로 남긴다.

개인적으로는 돌아가신 아버지, 양로원에서도 아들의 안녕을 읊조리는 어머니, 힘겨운 삶을 당당하게 해쳐나가는 동생과 진주, 진호에게 이 책을 바친다.

그밖에 나를 응원해 주신 모든 분들께도 감사드린다. 최순실 게이트로 국정이 깜깜한 터널처럼 앞이 보이지 않지만 희망적인 사실은 모든 터널에는 항상 끝이 있다는 점이다. 밟히면서도 싱싱하게 살아내는 질경이처럼 우리는 그런 은근과 끈기의 DNA를 물려받은 생명의 민족임을 다시 한 번 자각하면서-.

2016년 11월

저자 이동욱

1장

화전민

산촌지대 농사꾼으로 느타리버섯과
찰옥수수농사에 전념했다.
수확이 좋을 때마다 잘 말려 지게로 지고 나가면
꽤나 괜찮은 수입을 올릴 수 있었다.

이었다. 그 시대로부터 몇 대를 거쳐 가면 그들이 믿는 조상이 진짜인지 아닌지 구분하기 어렵다. 합리적 판단을 하자면, 어떤 집안의 후손이든 지금 현재를 어떻게 살아가느냐가 중요한 것이므로, 그들이 내세우는 조상의 영광과 은덕에 관한 이야기는 후손들이 모범을 삼을수록 좋은 것으로 해석해 버리면 그만인 것이다. 그런데 조상의 영광과 은덕에 관한 이야기는 어린 시절에 주로 뇌에 되새겨지는 바, 사실이든 아니든 그것은 성장과정에 중요한 영향을 미친다. 부모가 조작한 조상의 미담이라도 그것을 진실로 믿고 자란 자식에게는 긍정적인 영향을 끼칠 수밖에 없다.

어떤 성씨의 족보에 이름자가 올리어진 사람들은 그런 의미에서 자기네 조상들의 업적과 관련한 행동적 특징을 보이는 사람들이 많다. 한때는 이러한 이유를 생물학적 유전 때문이라고 해석해서 선민사상을 고취시키는 우생학이 발달하기도 했으나 이보다는 성장기에 정신적으로 반복해서 들은 조상의 위대한 이야기들이 행동발달에 영향을 미치기 때문이라는 설이 유력하다. 그러니 누구의 족보가 어떻다는 것은 그 혈통이 대단하다는 것이 아니라 그 조상의 특질을 정신적으로 반복해서 주입함으로써 그와 같은 행동적 특질을 보일 개연

성이 많다고 보는 편이 타당할 것이다.

누이와 세 여동생들 사이에 3대 독자로 자랐던 이석우는 일본제국시대의 식민지 조선 땅에서 '천황폐하의 신민(臣民)'이라는 신분으로 태어났다. 1931년에 태어난 그의 고향은 강원도 홍천군 서석면 풍암리 아미산 중턱 화전민 부락으로 해발 900미터 이상의 고산지대, 이른바 산간벽지였다. 화전민이지만 이석우도 엄연히 족보가 있는 집안의 후손이었다. 그는 고려 말 정몽주의 계열에 섰던 영해 이 씨(寧海李氏)의 후손이라고 믿고 살았다. 실제로 그러할 수도 있고 아닐 수도 있으나, 2,000년 당시에도 영해 이 씨 종손들은 전국에서 겨우 2,000여 명에 불과하니 실제라 믿는 편이 합리적일 것이다. 이들의 조상 중 어느 대에 이르러 무슨 연유에선지 몹시 살아가기 어려워졌고 한번 꺾어진 가세가 다시 일으켜지지 않기에 결국 이석우는 화전민으로 태어난 셈이었다.

족보대로 조상을 훑어가 보면 그의 집안은 조선조 이래로 가문의 영광 따위는 거의 없었다. 조선이 개국하자 변방으로 밀려난 영해 이 씨 후손들은 산간벽지 강원도의 계곡으로 스며 들어갔으며 급기야 강릉을 중심으로 강원도 전역에 흩어져 살아왔다. 그럼에도 불구하고 영해 이 씨 후손들은 어릴 때부터 특별한 이야기를 귀에 못이 박히게 듣고 자라게 된다. 바로 '이세육효지려(二世六孝之閭)'의 이야기다. 그들은 이것을 자신들의 정체성을 지키는 근거로 삼았다. 한 겨울에 얼음을 깨고 잉어를 구해 어머니의 병구완을 한 이야기며, 위독한 어머니를 위해 자신의 손가락을 잘라 그 피를 마시게 하여 열흘을 더 살게 했다는 이야기나 아버지의 죽음을 애도하다 따라 죽은 아들 모두가 바로 영해 이 씨 집안이 주인공들이었다.

조선시대 성리학이 강조한 충효사상의 모델이 되었던 집안이긴 하지만 이석우가 태어나던 시절엔 위로 5대조 이상 가난에 지쳐 나자빠져 있을 무렵이었다. 당연히 서당이나 학교 교육은 무시됐고 오직 생존을 위한 삶이 가족들에게는 전부였다. 그럴수록 영해 이 씨 집안에서 대대로 내려오던 정신적 자양분, 즉 효행과 형제간 우애는 반복 주입되었고 그것이 가난으로 내몰린 가족들에게는 존엄을 지키고 생존을 도모하는데 도움이 되었을 것이다. 그러나 경제적 최하층에 속했다는 점은 별로 변치 않았다.

홍천에서 속초로

이석우는 그런면에서 산촌지대의 농사꾼으로는 제대로 성장하게 된 셈이었다. 그의 아버지 이원기와 어머니 강순길은 어린 이석우와 딸들을 데리고 느타리버섯과 찰옥수수 농사에 전념했다. 수확이 좋을 때마다 잘 말려 지게로 지고 나가면 꽤나 괜찮은 수입을 올릴 수 있었다. 만주사변과 대동아 전쟁기를 거치면서 한반도에 사는 나라 빼앗긴 사람들은 꿈을 향해 살아가기 힘든 시절이었으므로 오직 굶지 않고 살아낸 것만으로도 타인들로부터 부러움을 받던 시대였다. 무뚝뚝한 이원기는 홍천 읍내로 나갈 때면 언제나 자식들이 징용이나 정신대로 끌려가지나 않을까 노심초사했고 그럴수록 아미산 중턱의 화전민 귀틀집에서 세상과 거리를 두고 살아내는 편이 현명하다는 확신을 하고 있었다. 그의 아내 강순길은 조그마한 체구에도 억척스런 일면이 있어 밭일이건 바느질이건 가리지 않았는데 남편에게는 무척 순종적인 여성이었고 아이들에게는 어미닭처럼 포근하게 품어주던 엄마였다. 부지런한 강순길은 네 자녀를 키우면서 남편이 화전을 일구는 데 별다른 불만 없이 살림을 해 갔다.

일제의 수탈이 심해지던 1943년 무렵, 이원기가 2대에 걸쳐 살아왔던 안전지대를 포기해야 하는 일이 벌어졌다. 일제 관헌들이 산불방지를 위해 점검 차 돌아다니다 아미산 중턱에서 화전민으로 살던 이원기의 집을 발견했기 때문이다. 일은 거기서 그치지 않았다. 그들은 아들 이석우가 12살이긴 했지만 어떤 신분등록도 되지 않았다는 사실을 알고 장래 징집을 위해 호적에 강제로 기록했다. 이원기는 잘못하다가는 대가 끊길지도 모른다는 생각에 가족들을 데리고 친척들이 모여 산다는 강원도 동쪽의 속초로 이사를 했다. 친척들은 2대 독자인 이원기의 처지를 이해해주어 여러 모로 편의를 봐 주었다.

이원기는 아미산을 빠져나올 때 품속에 간직해 둔 금괴를 돈으로 바꾸어 논과 밭을 마련했다. 세상과 접촉면이 많아지지만 대신 합법적인 사유재산을 갖게 됨으로써 더 이상 화전 단속을 하던 관헌들의 접근은 피할 수 있었다. 물론 아들 이석우의 호적은 존재하지 않은 채였다. 이원기는 세상이 좋아질 때도 있을 테니 그때까지 기다렸다가 다시 아미산으로 들어갈 생각을 했다. 논과 밭을 마련해 중농이 되어버린 이원기의 집안은 어느새 머슴도 대여섯 명이나 데리고 있었다. 아들 이석우의 생명을 보존하기 위한 방편으로 이원기는 머슴들 속에 어린 아들을 끼워 넣었다. 당연히 이석우는 학교 문턱도 가본적이 없었다. 머슴방이 학교였고 놀이터였다. 오직 생존 기술로서의 농경지식을 머슴들로부터 배우고 산과 밭에서 실습하고 익히는 것이 교육의 전부였다.

천황의 '신민'에서 공화국의 '인민'으로

이들 가족에게 해방은 도둑처럼 찾아왔다. 훗날 이석우가 남긴 이야기는 이렇다.

"우린 아무것도 몰랐지. 속초 바닷가에 돗배가 들어오면 생선이나 바꿔 볼라고 곡식자루 둘러메고 나갔는데 사람들이 만세를 부르는 기야. 난중에 들어보니 해방이 됐데. 기게 머이냐니깐 일본 놈들이 망했다더라고. 날짜? 기딴 건 기억나지 않아."

해방공간에서 이석우의 신분은 나라도 없이 그저 '한반도의 원주민'이었다. 이석우의 아버지 이원기는 언제 다시 아미산 같은 깊은 산속으로 가족들을 데리고 들어갈까를 고민하고 있었다. 이미 큰 딸은 시집을 간 터라 열여섯 살의 석우와 그 밑의 영선, 영란 두 딸만 데리고 가야 했다. 그런데 일제가 물러난 자리에 38도선이 그어졌다. 속초는 38선 이북이어서 '위대하신 김일성 장군님이 향도하는 조선민주주의 인민공화국'의 땅이 되었고 고성 아래지역은 같은 강원도인데도 '친일 앞잡이 이승만 괴뢰도당의 남한 땅'이 되었다. 선택의 여지도 없이 이원기와 그의 가족들은 '공화국의 인민'이 되어야 했다. 문제는 일제가 패망하고 모두가 만세를 불렀으니 세상이 더 좋아져야 할 터인데 희한하게도 머슴들이 더 좋아서 날뛰고 사유재산을 가진 사람들은 가졌다는 이유만으로 점점 더 도둑놈으로 몰리고 있었다는 점이다. 그야말로 자고 나면 어제보다 더 나쁜 놈이 되어 있는 것이다. 체제에 불만을 표시하는 사람들은 주로 가진 사람들이었고 체제를 옹호하는 사람들은 주로 머슴 출신들이었다. 해방된 그해 겨울에 신의주에서 학생들이 반공 시위를 하다 수백 명이 죽거나 다쳤다는 소문이 돌았다. 해가 바뀌어 속초 앞바다에도 봄이 찾아왔지만 사람들의 마음은 점점 더 얼어붙고 있었다. 1946년 3월, 인민위원회가 조직되었다. 속초 군청에 가보면 소련군들이 진을 치고 있었다. 보름이 지난 뒤 함흥에서 이 씨의 친척이 내려와 흉흉한 소문을 전해주었다. 3월 13일에 함흥에서 학생 약 5,000명,

시민 약 1만 명이 합세해 '학원의 자유를 달라!' '우리 쌀은 어디로 갔는가!'하면서 대규모 시위를 했다는 것이다. 이 날 소련군과 보안서원들이 무력으로 진압하는 통에 많은 사람들이 다쳤다고 했다. 게다가 그 시위에 가담한 자들을 보안서원들이 잡아서 시베리아로 보내 버린다고 전해주었다. 이야기를 들려 준 친척도 시위에 가담했다가 도망쳐 오는 길이라는 것이다. 이원기는 담배만 피워댔다.

그로부터 얼마 지나지 않아 속초 지역에서 대대로 머슴으로 살아온 일자무식의 젊은 사내가 이장이 되어 '무상몰수 무상분배의 세상이 될 거'라며 토지 문서를 죄다 조사해 갔다. 이원기는 대대로 살아온 아미산 중턱의 화전민촌을 버리고 나온 것을 처음으로 후회했다. 다시 해가 바뀌었지만 아직은 제도가 느슨해서 버틸 만 했다. 머슴들이 하나 둘 떠난 집안에서 가족들은 그럭저럭 농사를 지으며 살아낼 수 있었다. 1948년 가을에는 남쪽에 이승만 괴뢰도당이 대한민국이라는 괴뢰국을 세웠다고 했다. 그러는 사이 속초 부근의 지주들이 하나 둘씩 사라졌다. 농지를 헐값으로 매각한 채 38선 이남으로 도망갔다고들 했다. 그곳은 남의 재산을 빼앗는 나라가 아니라는 것이다. 이원기는 과연 여기서 화전민으로 자유롭게 살아갈 수 있을지 가늠해 보았다. 다섯 가구마다 한 집씩 당번서듯 감시하는 체제가 만들어지고, 매일 노동량을 숫자로 계산하며 식량도 숫자로 배급하는 식이었다. 사회 전체를 촘촘한 그물로 점점 옭죄는 느낌이었다. 1949년이 되자 징집요원들이 집집마다 젊은 아이들을 군대로 데려가기 시작했다. 아들 이석우는 열아홉인데 더 이상 머물 수 없는 상황으로 몰렸다. 대를 이어야 한다는 사명감을 갖고 있던 이원기는 남쪽으로 내려가야 살 수 있다는 확신을 갖게 된다. 하지만 평생 벌어 모아 마련한 땅들을 다 버리고 몸만 빠져나갈 수는 없다고 생각했다. 그렇게 차일피일 미루며 세월을 보내야 했다.

월남

이듬해인 1950년 6월 15일. 드디어 이원기가 결단을 내릴 때가 왔다. 곧 스무 살이 될 석우의 인민군 징집이 다가왔다고 속초군청에서 일하는 친척이 귀띔해온 것이다. 3대 독자는 고려사항이 아니라고 했다. 거리 곳곳에 야포와 전차가 남쪽으로 이동 중이었다. 인구가 적었던 속초는 제복 입은 군인들로 넘치고 있었다. 그날 밤 이원기는 자식들을 모아놓고 가장으로서의 최후명령을 내렸다.

“여기 이대로 있다가는 땅이고 밭이고 죄다 뺏기고 석우 너도 군대로 끌려가게 된다니…”

자식들은 공포에 질려 아무 말도 못한 채 아버지의 눈만 쳐다보았다. 아내 강 씨도 겁이 났지만 아이들 앞이라 내색을 하지 못했다. 이원기는 말을 이었다.

“내 여기 설라무네 이 밭데기들 적당한 값으로 다 처분한 다음에 딸레미들 데리고 뒤따라 갈 테니 석우 애미가 석우 데리고 먼저 내려가.”

“석우 아부지요, 그치만 다 같이 가야지 안캈어요?.”

아내 강씨가 망설이자 석우도 어머니의 말을 거들었다.

“예, 아부지. 같이 갑시다. 땅 처분하고 …”

“시끄러워, 이 애미나이야. 너 그러다간 하나밖에 없는 아들놈 군대로 빼앗겨 죽으면 어칼래? 또 하나 낳갔어? 어?”

갑자기 언성이 높아져 아이들은 싸움을 말려야 했다. 화를 가라앉힌 이원기는 두 사람에게 “태백산맥을 타고 남쪽으로 죽 내려가다 보믄 바다가 안 보이는 내륙 쪽에 봉평이라는 면이 있다”고 말했다. 거기서 여관을 하는 이상기를 찾으라고 했다. 사흘만 걸어 내려가면 나올 마을이라는 것이다. 십 수 년 전 홍천 집에서 근 열흘간을 먹여주고 재워준 사촌동생이었다. 아내 강순길도 그를 기억해 냈다. 이원기는 그 사람이 믿을 만하고 당시 잘 대해주었기 때문에 신세를 의탁해도 괜찮을 것이라고 했다. 그 집은 여관도 해서 방도 많다는 것이다.

그날 밤 이들 가족의 설왕설래했던 이야기는 여기서 접어두자. 두 모자는 아버지 이원기의 말대로 이틀 뒤 38선을 넘었다. 그 이틀 동안 딸들은 엿기름을 고아 생엿을 만들고 미숫가루와 육포를 챙기는 등 오빠와 어머니의 긴 산행준비를 끝냈다. 강 씨는 두 딸들에게 아버지 수발들 것들을 준비해주고 가르쳐 주었다. 며칠 뒤 만날 거란 이야기가 이들의 눈물바람을 차단했다. 완전한 이별일지 아무도 몰랐으므로 늘상 듣던 아버지의 잔소리도 하등 이상할 것이 없었다. 데면데면 별 것 아닌 일처럼 가족들의 짐을 챙기던 아버지 이원기가 딱 한번 마지막 순간에 스무 살이 되어가는 석우에게 한 마디 했다.

"석우야. 한 보름 뒤에 봉평으로 내려가서 찾아낼 테니까… 니 어무이를 잘 부탁한다."

갑자기 이석우는 목이 콱 메였다. 그러나 그 뿐이었다. 이원기는 겁먹어 동작이 굼뜬 딸들이 느릿하게 군다며 화를 잔뜩 냈다. 야단을 맞아서 우는 것인지 헤어짐이 슬퍼서 우는 것인지 딸들은 연신 눈물을 닦아가며 짐을 챙겼다. 그날 밤 어머니 강순길과 아들 이석우는 밤길을 틈타 미시령을 넘었다. 미리 연락된 길잡이에게 아버지 이원기가 헝겊에 쌓인 금덩이를 건네줌으로써 이들은 날이 밝기 전에 38선 이남으로 내려갈 수 있었다.

두 모자는 이원기가 일러준 대로 남쪽으로 내려가기 시작했지만 길이 종종 끊어지고 사라져 큰 산을 세 번이나 넘어야 했다. 사흘 정도면 나올 거라는 봉평은 가도 가도 나오질 않았다. 논밭에서 만난 사람들에게 여기가 어디냐고 물어보면 생전 처음 듣는 지명을 들어야 했다. 고생고생 해 가며 강원도 평창군 봉평면으로 접어든 때가 6월 21일 경. 꼬박 일주일을 걸어 내려온 것이다. 행색은 거지 중에서도 상거지였다. 챙겨온 식량은 벌써 동이 났고 여름이라 잠자리는 별 문제되지 않았지만 단 두 벌뿐인 옷도 땀과 비에 젖어 꼴이 말이 아니었다. 출발할 때 각자 가져온 울퉁불퉁하게 생긴 물푸레나무 지팡이만 그런대로 멀쩡할 뿐이었다. 사람들에게 길을 물으려 해도 그들의 행색을 보고는 저만치로 달아나기 일쑤였다. 그래도 물어물어 진부령을 넘고 장평을 거쳐 봉평에 도착한 것이다.

이상기를 찾아서

높은 산들이 병풍처럼 둘러싼 봉평은 동해안의 툭 터진 바다와 연접한 속초와는 판이한 산간오지였다. 하천 둑 아래로 거북이 등 같은 몇 채의 초가들이 줄지어 들어서 있고 길은 대개 그보다 높았다. 유월 늦보리가 누렇게 익어가는 벌판사이로 오밀조밀하게 집들이 많이 모인 곳에 면사무소가 자리하고 있었다. 두 모자는 하천에서 대충 얼굴을 씻었다. 갈아입을 옷을 꺼내 봤으나 입고 있는 옷과 별 다르지 않아 그만 두었다. 밭에서 뽑아 온 무를 씻어 먹고 배를 채웠다. 그리고 봉평면내로 들어갔다. 눈에 보이는 벌판 전체를 다 둘러보아도 기껏 200여 채 정도의 집들만 보였다. 걸어가는 동안 메밀밭은 파도의 포말처럼 만발하는 흰 꽃들로 출렁거렸다. 홍정천이라는 큰 하천을 가로지르는 나무다리가 나오고 그 길로 죽 들어가면 일본식 목조건물의 면사무소가 태극기를 펄럭이며 여름 태양을 맞고 있었다. 물어볼 데라고는 그곳밖에 없었다.

"이상기래요?"

면사무소에는 두 남자가 책상에 머리를 박고 신문을 읽고 있다가 강순길의 질문에 고개를 들며 대답했다.

"예. 우리 남편 사촌 되는 사람이래요. 여관을 한다고 했는데…"

강순길은 허리춤에서 쪽지를 꺼내 펼친 뒤 건네주었다. 그 종이를 받아 본 면 직원이 안경을 살짝 들고 보더니 말했다.

"이기이기, 주소도 없고, 여관은 지금 봉평에는 요 앞 대화 여관뿐인데 그 집은 박기봉이가 하는 덴데… 이래 야기하믄 우리가 어째 찾소? 이상기래 나이가 몇이라요?"

강순길은 점점 자신감이 사라져 목소리가 움츠러들었다.

"마흔 다섯 쯤…"

"여기 봉평면도 넓어서 여리 창동리부터 해서 리가 열 개나 되는 데, 증말로 봉평 사람 맞대요?"

"기럼요. 우리 집에서 먹고 자기도 했는데… 그때 면에 살고 있다고 해서…"

석우와 강순길은 입안이 바짝 타들어갔다. 없다면 어찌할 것인가. 그때 다른 자리에 앉았던 직원이 신문을 넘기면서 아는 듯이 말했다.

"거 이준상 아들 아닌가? 이름이 이상기라니까…"

희망이 생겨났다. 강순길은 갑자기 그 직원이 그렇게 예뻐 보일 수 없었다. 안경잽이가 그 말을 받았다.

"이준상이 아들이래요? 맞나? 여관은 아니고 밥집은 하지요. 기럴 수 있갔네요… 아, 아니야요, 갸 이름은 이기상이래요…"

희망이 슬쩍 얼굴을 보이려다 쑥 사라지는 순간이었다. 이석우는 어찌 돌아가는지 헷갈릴 지경이었다.

"이상기가 아니고? 이기상이라고? 갸는 이제 막 봉평중학교 들어갔는데?"

"기러니깐요, 하여간에 이준상이 아들은 아니래요."

안경잽이가 최종 심판을 하자 예뻐 보이던 직원은 다시 신문 속으로 머리를 처박은 채 더 이상 아무 말이 없다. 안경잽이가 담배를 하나 빼어 물더니 말했다.

"그 사람 말고 여기 이상기란 사람 어째 찾나?… 가만 있자. 아주머이, 저 영감한테 물어보소. 여 봉평서 제일로 오래 살았으니까니 모르는 사람이 없어."

면사무소 유리문 밖으로 보니 느티나무 그늘 아래 한 노인이 손자들로 보이는 아이들과 함께 쉬고 있었다. 사라진 희망은 다시 솟아날 수 있을 것인가.

강순길과 이석우가 찾아가 굽신거리며 한참 동안 이야기를 나누었다. 그 노인은 마을 사람들의 족보를 꿰고 있었다. 제일 먼저 어디 성씨인지, 무슨 파인지를 묻고 인물의 주변을 탐색하듯 여러 정보를 취합해 갔다. 이석우에게도 이름을 묻고 주석 석(錫)자를 이름에 넣었다면 몇 세손이라는 식이었다.

"영해 이 씨 감찰봉파… 아버지가 이원기이고… 사촌이 이상기… 봉평에 산다고? 마지막으로 본 게 언제라고?"

"벌써 15년은 됐을 거래요."

노인은 아무 말 없이 고개를 끄덕이고는 먼 데를 한참 쳐다보다 말문을 이었다.

"그 집안은 저 원길리에 살던 이형신이 자손들인데… 아들이 상기하고 승기 둘이었어. 승기가 먼저 일본 유학 간다고 세간을 죄다 팔아서 여길 떠나고 이태가 더 있다가 상기도 대대로 물려받은 땅 다 팔아서리 동생 찾아 일본으로 간다고 떠났지. 벌써… 보자… 팔년은 됐지… 해방되기 3년 전이니까… 저기 저 언덕빼기에서 여관을 하고 잘 살았거든…"

노인이 손가락으로 가리킨 곳은 집터만 남고 주변의 풀들만 무성했다. 봉평에서 더 이상 이상기와 연이 닿은 사람들은 없었다. 속초에서 여기까지 왔다는 사정을 들은 노인은 거지차림의 두 모자를 데리고 시장으로 갔다. 시장이라 해 봐야 5일마다 장돌뱅이들이 장을 서는 곳인데 장날이 아니어도 늘상 영업을 하는 국밥집이 있었다.

"이것도 인연인데, 내 이리 밖에 도와주지 못해 미안허네. 기래두 아들이 잘 컸으니 아주머이도 힘내시게나. 여기가 내 며느리가 하는 국밥집이야. 마음 놓고 많이들 드시고 가시게. 참, 자네 효자일세. 어머니 잘 모시게나. 난 또 저기 좀 가 봐야겠거든."

흥정계곡

노인은 두 모자를 남기고 여름 한낮의 햇살 속으로 사라졌다. 그날 오후 석우는 어머니와 함께 흥정계곡까지 걸었다. 봉평에 머물러야 아버지와 두 여동생을 만날 수 있단 생각에 봉평을 떠날 수가 없었다. 일단 두 사람이 안전하게 쉴 곳이 필요했다. 석우는 언제 어디서든 안전을 도모하려면 계곡 깊은 곳으로 숨어들라던 아버지 이원기의 평소 지론대로 어머니 강순길과 숨어들 만한 계곡을 찾아 나섰다. 마침 사람들이 흥정계곡을 말해준 것이다. 이파리마다 햇살 부스러기들을 튕겨내며 부채질하는 미루나무 길을 따라 한 시간쯤 걸어가자 넓은 늪지대를 낀 계곡이 펼쳐지고 있었다. 강의 원천이 강원도이듯 계곡엔 맑은 물이 쉬지 않고 바위를 깎아내며 흘렀다. 그 물가를 따라 늘어선 기암절벽들은 물길 따라 접히고 펼쳐지며 수풀과 나무를 품고 있어 경험상 틀림없이 작은 동굴 정도는 있을 법 했다. 비록 봉평에서 친척을 만나려던 기대는 산산조각 났지만 그들이 은거할 동굴은 해지기 직전에 나타나주었다. 화강암의 절벽 사이로 일곱 걸음이나 들어가야 점점 낮아지다 막혀버리는 굴 하나를 찾은 것이다. 누군가가 불공을 드린 듯 타버린 양초 흔적이 동굴 옆으로 몇 군데 있었지만 바닥은 잔돌들이 깔려 비교적 말끔했다. 석우가 마른 갈대를 꺾어오는 동안 어머니는 주변의 마른 나뭇가지와 검불들을 긁어모았다. 이제 굶주림을 면하면서 남편과 두 딸이 오기를 기다리기만 하면 이 끝없는 고생은 막을 내릴 것이라고 생각했다. 그날 밤 두 모자는 모닥불을 피워 모기를 쫓으며 이런저런 이야기를 나누다 잠이 들었다. 동굴 밖으로 보이는 하늘엔 은하수가 흐르다 얼어붙은 듯 꼼짝 않는데 막 살이 오르기 시작한 조각달이 미끄러지고 있었다.

석우는 먼데서 우레 소리가 들려오는 바람에 잠에서 깼다. 보따리를 베고 자던 어머니도 잠에서 깬 듯 말을 했다. 고개를 돌려 동굴 밖으로 보이는 하늘을 보니 구름이 낮게 드리웠는데 캄캄했다. 해가 뜨려면 아직 먼 것처럼 보였다. 인(寅)시를 다 지나지 않은 모양이었다.

"하이고. 비가 오려나 부다. 영선이는 빨래나 걷었는지…"

그런데 그 소리가 천둥소리치고는 꽤나 길어지고 있었다.

"어머이, 비가 많이 올 모양이지?"

"그러게. 하이고. 니 애비는 어째 일을 그렇게 한다냐. 쫌 알아나 보고 할 것이지. 괜한 헛짓거리만 시키고…"

"어쨌든 내려와야 했으니까 뭐. 아부지도 애들이랑 금방 오겠지 뭐."

"봉평이 참 머네… 아이고… 발이야… 아침에 칡이나 좀 캐와라. 어디 오디 같은 것도 좀 있을 게이고…"

"알았어… 오줌이나 누고 좀 더 자야지. 어여 더 주무셔."

석우가 밖으로 나오자 북쪽 하늘은 낮게 드리운 비구름이 붉은 색으로 변해 있었다. 마치 거대한 산불이 난 듯했다. 처음 보는 광경이었다. 우레 소리는 그쪽에서 연신 들려오고 있었다. 오줌을 내 갈기면서도 그는 북쪽의 붉은 하늘에서 눈을 떼지 못했다. 인민군의 남침이 시작된 것이다.

2장

소작민

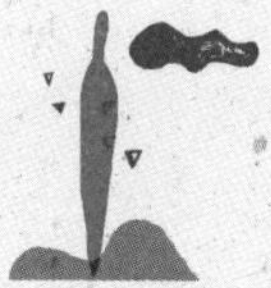

소작민들의 꿈은 자기만의 농토를 갖는 것이었다.
임대료 걱정없이 자기 건물로
장사하는 게 꿈인 자영업자들 처럼.

김상호의 집안

일제시대에도 소작인들의 삶은 조선시대 이래로 계속 고달팠다. 그들의 생계수단인 농삿일은 대대로 전수받은 기술일지 모르지만 그 기술로 자본을 축척해 대대로 물려줄 제도는 존재하지 않았다. 태어날 때부터 그랬으니 세상 전체가 그런 줄로만 알고 살아 온 사람들이었다. 그들에게 삶은 일 년 내내 팍팍했다.

가을걷이가 끝나면 토지사용료조로 지주에게 일정비율로 떼어 주어야 하는 것은 해가 동쪽에서 뜨는 것처럼 당연시 됐다. 오히려 그런 토지를 사용하게 해 준 지주에게 감사해야 했고, 실제로도 그런 땅 한 뼘 없어 굶어 죽기까지 하는 사람들을 종종 보노라면 더더욱 그러했다.

세경(細徑)이란 이름으로 바치고 나면 어지간한 풍년이 아니고서야 일 년 먹을 양식으론 빠듯했다. 그 일 년 사이에 자식이 분가를 하거나 예기치 못한 일로 쌀을 팔아서 써야만 하는 일이 생기면 여지없이 춘궁기를 넘기기 어려웠다. 하는 수 없이 주인에게 미리 부탁해 쌀을 빌려오는 것이다. 그런데 한 섬을 빌려 이듬해에 한 섬을 갚는 것이 아니라 적어도 한 섬 반을 갚아야 했다.

그러자면 더 열심히 일하면 되지 않을까. 불행히도 전통적 농경법은 투입된 노력에 비례해서 산술적으로 정확하게 수입이 보장되지 않는 사업이었다. 예년과 비슷한 소출을 했다 해도 전년도에 빌린 한 섬에다 이자를 포함해 한 섬 반을 갚다보면 앞으로 살아갈 일 년 예산은 더 부족해진다. 이번엔 아예 두 섬을 빌려 보려 하지만 소작인의 형편을 지주 역시 잘 알고 있었다. 두 섬을 갚으려면 세 섬을 돌려주어야 하는데 도저히 그럴만한 소출이 나오지 않을 걸 알기 때문이다. 여기서 지주는 두 섬은 안 되고 한 섬 반을 빌려주겠노라는 제안을 하게 되고, 결국 한 섬 반을 빌려 이듬해에 두 섬을 갚기로 약속하는 것이다. 빚은 언제나 저녁노을에 늘어나는 그림자처럼 자꾸만 길어지고 번져만 갔다.

게다가 지주에게는 언제나 쌀이 쌓여만 가는 것도 아니었다. 수십만 평의 농토를 갖고 있지만 그런 만큼 돈 쓸 일도 많은 집이다. 게다가 개화바람을 타고 자식들을 해외 유학이라도 보내노라면 지주의 머릿속도 복잡하게 돌아가야 했다. 하지만 거의 매일 생존의 턱걸이를 하고 있는 소작인들에 비하면 여전히 태평성대를 누린다 할 것이다.

소작인들은 스스로 종살이를 한다고 표현했다. 그들에게 로또만큼 인생 역전을 시켜 줄 수단은 품종 좋은 볍씨나 수익성 좋은 특약작물이 아니라 그들 스스로 세경 없이 심고 거두어 먹을 수 있는 자신만의 농토였다. 임대료 걱정없이 자기 건물로 장사하는게 꿈인 자영업자들 처럼 말이다. 하지만 성실하게 살아가는 이들에게 그런 행운은 그림자조차 보이질 않았다.

다만 김상호의 지주집안은 그다지 악한 사람들이 아니어서 평균적인 소작농의 곤궁함을 어느 정도 면하며 살아왔었다. 서북지역 특색이기도 했는데, 조선조 이래로 서북지역은 중앙(한양)으로부터의 홀대로 인해 지역 특유의 피해의식이 뿌리내려 지주와 소작인간의 관계를 밀접하게 이어주기 때문이었다. 대대로 종살이를 해 온 김상호 역시 지주들에 대한 원한은 갖지 않았다.

서해바다를 끼고 북으로는 압록강이 멀지 않은 평안북도 선천군 선천읍 대동리에서 대대로 소작농이었던 김상호는 팔순을 바라보는 부친 김수찬을 모시고 세 아들과 세 딸을 낳았다.

스스로를 김해 김 씨로 알고 있는 집안이었으나 노인 김수찬은 족보와 관계된 별다른 이야기는 하지 않았다. 장남 김익화는 1931년 생으로 약골이라 걱정이 많았지만 다행히 어린 시절 큰 병 한 번 없이 잘 커 주었다. 이 아이는 장차 학자가 되는 뛰어난 두뇌의 소유자였다. 1935년생인 둘째 김익선은 공부는 별로였지만 운동 하나는 잘 했다. 막내 아들 익풍은 1939년생으로 두 형의 장점을 모두 갖고 태어나 공부도 잘했고 체구도 또래들보다 반 뼘 정도는 더 컸다.

선천 들판에 가을이 오면 누런 벼이삭들로 황금바다가 일렁거렸다. 그 언덕 너머로는 진짜 바다가 출렁거렸으니 가을엔 곡식과 생선으로 연중 굶었던 뱃가죽에 기름칠을 하는 계절이었다. 아무리 나라에 흉년이 들었어도 선천군 대동리 사람들은 뭐라도 먹고는 살 수 있는 곳이었다. 이곳도 해방이 되었지만 김상호는 여전히 소작농으로 자식들을 먹여 살려야 했다. 일제시대에 중학교를 마친 큰아들 익화는 고등학교를 다녔고 둘째 익선은 중학교에 입학했으며 막내 익풍은 이제 막 보통학교에 입학하던 무렵이었다. 강원도 골짜기의 화전민들과 달리 소작농으로 살아온 김상호는 문명의 변화에 적응할 줄 알았다. 그런 그도 조선시대의 풍습에 따라 여자아이들은 보통학교 정도의 교육에 만족해야 했다. 그렇게 살아가는 것만도 대단한 품이 들었다.

해방된 지 며칠이 되지 않았는데 소련군들이 트럭으로 중국 쪽에서 선천군을 거쳐 마을로 들어왔다. 사람들은 우리 조선을 해방시켜준 은인이라며 환영했다. 소련군정이 시작된 것이다. 그러나 며칠 뒤부터 동네는 뒤숭숭한 소문에 휩싸였다. 소련군들이 여자들만 보면 환장을 하고 달려든다고 했다. 곳곳에서 강간과 강탈의 피해자들이 생겨났다. 군 소재지가 있는 신천군에 살던 사람들은 양은 세숫대야와 방망이를 머리맡에 두고 잔다고 했다. 밤중에 몰래 들어오면 세숫대야 두드리는 소리를 내서 쫓아낸다고들 했다. 김일성 장군의 노래가 아이들의 입을 통해 유행되기 시작했다. 학교나 관공서에는 스탈린과 김일성 사진이 나란히 걸렸다. 조선공산당이 일제를 몰아내고 인민을 해방시켰다고 했다.

김상호도 추수를 하다 말고 선천군청 광장으로 불려가 "스딸린 장군 만세! 김일성 장군 만세!"를 부르는 행사에 동원되곤 했다. 불과 몇 달 전까지 "텐노 헤이카 반자이!(천황폐하 만세)"를 부르러 동원된 것과 별반 다르지 않았다. 김상호는 소작농의 분수를 알았지만 자식들은 최선을 다해 공부를 시키려 애썼다. 돈이 들기는 했지만 부지런히 살아가면 배는 곯지 않는다는 생각이었다.

그 해 가을 선천 지역은 황금물결을 이루었다. 일제가 패망한 해이자 나라를 다시 세우는 해에 풍년이라니 모두 들떴다. 10월 10일이 되자 '조선공산당'이 발족됐다는 소식이 들려왔다. 김상호에게는 자신과 아무 관계도 없는 소식쯤으로 여겨졌다. 그러나 세상 분위기는 변하고 있었다. 우선 '소비에트연방공화국(소련)'이 조선공산당의 강력한 우방이자 중국에서 장개석 군대와 전투 중인 모택동 군대와도 같은 편이라는 것이다. 선천지역을 중심으로 한 38도 이북지역 주민들에게는 소련과 모택동 그리고 김일성 장군이 이끄는 지도부가 세상의 중심이 되고 있었다. 그 중심에서 나오는 기준들은 가진 자를 혹독하게 몰아붙이는 반면 김상호와 같은 소작인들을 대단히 우대하기 시작했다. 대를 이어 소작농일 수밖에 없던 김상호에게는 꿈같은 세월이 시작된 것이다.

초겨울이 다가서는 11월 19일 점심 무렵, 신의주 옆 용암포를 다녀온 마을 사람이 난리가 났다고 했다. 공산당이 주최하는 인민위원회 환영대회에서 축하연설을 하러 연단에 올라선 학생 대표가 소련군의 행패와 공산당의 비행을 조목조목 지적하자 그동안 말도 못하고 울분을 감춰 온 군중들의 분노가 터졌다고 했다. 그리고 환영대회가 규탄대회로 뒤바뀌었는데 보안대를 앞세운 공산당들이 사정없이 몽둥이를 휘둘러 학생 한 명이 죽었다는 것이다. 이야기를 듣던 사람들은 모두 입을 다물지 못했는데, 그렇다고 뾰족한 수도 없었다.

대동리 이장

11월 23일에는 다시 대규모 반공시위가 신의주에서 벌어졌는데 기관총과 비행기를 동원해 무력 진압을 했다는 소식이 들려왔다. 그 사태로 학생 23명이 사망하고 300여 명이 부상당했으며 가담자들은 시베리아로 끌려가게 됐다고들 했다.

김상호는 이해할 수 없었다.

그 며칠 후 평안북도 임시 도당인민위원장이 직접 내려와 선천읍 대동리 이장이란 직함을 김상호에게 주었다. 졸지에 김상호는 200여 호가 모여 사는 마을의 이장으로 임명되었다. 게다가 지주들로부터 무상몰수 한 토지를 무상으로 분배받게 되었다. 이유인즉, 대대로 소작농으로 살아와 성분검사에서 1등을 한 것이었다. 처음 그 소리를 들었을 때 김상호는 속으로 '그게 뭔 자랑이라고…' 했다. 그런데 김상호로서는 말로만 듣던 토지를 실제로 무상으로 분배받아 대를 이어 간절하게 소망하던 개인 소유의 농지를 갖게 된 것이다. 그는 자연스럽게 '위대하신 수령 김일성 장군님'이란 소리를 외치게 됐다. 그리고 대동리 이장이란 직함이 자랑스러워졌고 긍지를 갖기 시작했다. 태어나서 처음 느껴본 감정이었다. 신의주에서 반공시위가 벌어졌다는 소식은 이제 그에게서 크게 중요한 사건이 아니게 되었다.

그는 반상회에 모인 주민들에게 그런 소문은 거짓말이고 부풀린 것이라고 설명했다. 또 권력에 탐이 난 조만식 같은 세력들이 어린 학생들을 선동해 난리를 피운 것이라고 말했다. 그의 설명은 참석한 도당 간부들을 매우 만족시켰다. 그들과 만찬을 하는 가운데 김상호는 상층부의 소문도 들을 수 있었다. 신의주 사태로 인해 사람들이 공산당에 대한 반감을 너무 갖게 됐다는 걸 확인하고 더 이상 공산당이란 이름을 쓰지 않는 대신 노동당이라는 이름을 쓸 거란 이야기도 있었다. 이 역시 김상호와 직접적인 관계는 없는 내용이라 흘려들었다. 얼마 지나지 않아 '조선노동당'이라는 정식 명칭이 사용된다는 전달을 받았다. 김일성 장군이 남조선과 달리 북조선에서라도 농민과 노동자의 고혈을 빨아먹는 '자본주의'를 하지 않고 농민과 노동자를 위하는 '사회주의' 국가를 건설한다니 정말 고맙고 황송한 소식이 아닐 수 없는 것이다.

1946년이 되자 사회주의 국가 건국 준비를 위한 조직이 준비됐다. 헌법을 만들어 낼 제헌국회와 유사한 조직이 생긴 것이다. 그리고 2월 8일, 그 조직은 '북조선임시인민위원회'라는 이름으로 발족되었고 김일성이 위원장이 되었다. 사실상 정부가 수립된 것이다. 이 같은 조직화가 선천읍 대동리 이장이 된 김상호에게는 제대로 이해될 리 없겠지만 그의 직무가 상당히 체계적으로 집행될 수 있게 해주었다.

이무렵 속초에 살았던 화전민 출신의 자작농 이원기의 가족과 달리 이장으로 임명된 소작민 출신의 김상호는 점점 번

듯한 사람으로 변해갔다. 그는 누구보다 열심히 당 학습시간에 참여했고, 상호 비판과 토론시간을 주도해 갔다. 보통학교 3학년이 학력의 전부였지만 공산당 이론은 참 쉬웠고 국가의 정책은 머리에 쏙쏙 들어올 만큼 간결했다. 군정을 실시하고 있던 '소비에트 연방 해방군 사령부'는 김상호에게 은인의 나라였고 '조선노동당'은 위대한 조국이었다. 1946년부터 압록강 너머의 중국은 자본주의 편에 선 장개석 군대와 사회주의 편에 선 모택동 군대가 전쟁을 벌이고 있었다. 소비에트 연방 해방군 사령부는 모택동 군대를 지원하기 위한 차출과 헌납을 지시했다. 주로 무장 해제된 일본군이 남기고 간 무기들을 리 단위로 수거해 군청에 갖다 주거나 모택동 군을 위한 군수미와 광목이나 기타 생산품들을 징발했다. 김상호도 그랬지만 대다수가 흔쾌히 지원물품을 헌납했다. 새희망을 실현하는 동료가 아니던가.

그의 세 아들 중 두 녀석이 머리가 좋아 공부를 잘했다는 것도 큰 행운이었다. 큰 아들 익화는 군당위원회가 주최한 러시아어 경연대회에서 최우수상을 타고 다시 도당위원회의 유학생 선발시험에도 합격해 평양으로 갈 준비를 하고 있었다. 평양에서 치러지는 시험을 통과하면 조국에서 보내주는 모스크

바 유학을 가게 되는 것이다. 김상호의 아내 박순금은 일자무식이었다. 그런 그녀를 당은 매일 오후 인민경제대학이라는 이름의 야학에 출석하게 했다. 여기서는 교원출신 간부나 대학생들이 나와 그녀에게 속성 과외를 시켰다. 한글 읽고 쓰는 법과 산수계산법이 주된 과목이었다. 석 달 동안 출석한 뒤 그녀는 신천군 인민경제대학 속성반 졸업장을 받았다. 동시에 그녀는 대농리 여맹위원장이 됐다. 그날 그녀는 너무 감격해 집으로 오는 동안 내내 울음을 그치지 못했다. 막 입학한 셋째 아들 익풍도 학교에서 발군의 실력을 발휘했다. 산수 과목은 언제나 만점이었다. 이들은 당에서 주목하는 가족 중 하나가 되었다. 김상호에게는 해방과 함께 호박이 넝쿨째 굴러온 것이나 다름없었다.

김상호는 정치적인 인물은 아니었다. 그는 세파에 실려 떠내려가면서도 인간성을 포기한 적이 없었다. 마을에서 이장이 되고 그로 인해 기분이 좋아졌지만 대동리의 20호 가까이 되는 지주집 사람들을 몰래 찾아가 빨리 땅을 처분하고 남쪽으로 가시라고 조언도 해 주었다. 도당 감찰부가 지주들의 동향보고를 요구해 올 때마다 김상호는 가급적 위험하다 싶은 내용은 보고서에 기입하지 않았다. 그의 노력 덕분에 약 3년 여에 걸쳐 김상호가 살던 대동리 마을의 지주들은 속초에 살던 이석우와 어머니 강순길처럼 큰 변고 없이 월남자들의 대열에 뒤섞여 하나 둘씩 38선 이남으로 사라져 갔다.

1947년이 되자 큰 아들 익화는 모스크바 대학에서 러시아어를 공부하고 있었고 둘째 익선은 중학교로 진학했으며 셋째 익풍은 인민학교에 다니는 중이었다. 마을은 해방 전과 180도로 바뀌었다. 대대로 지주였던 집의 자식들은 점점 힘을 잃어갔다. 놀거나 이야기를 할 때에도 지주집 아들이 머슴집 아들의 눈치를 보기 시작했다. 해방 전에 선천읍에서 하나밖에 없던 청요리점(중국 음식점)은 그래도 영업을 했고 점방이라 부르던 동네 어귀의 구멍가게들도 그대로 있기는 했지만 그것들을 바라보는 사람들의 가슴조차 졸일 정도로 모든 것이 위태위태했다.

1948년 2월 8일에는 '조선인민군'이 창설됐다는 소식을 접했다. 곧 이들의 열병식이 있을 예정이니 그 날짜에 김상호는 마을 주민 50명을 조직해 선천군 역 앞으로 집결하라는 지시를 받았다. 남조선은 아직 군대 창설도 못했다고 했다. 자본주의를 한다는 남조선과는 당연히 경쟁관계가 되었으므로 김상호를 비롯한 공산당원들은 우월감과 확신에 가득 찼다.

그런데 이승만 괴뢰도당이 남조선에서만 단독선거를 치르고 8월 15일, 대한민국 정부를 수립했다는 소식이 들어왔다. 하급당원들은 우리 북조선이 한발 늦어서 쥐새끼 같은 남조선 놈들에게 선수를 빼앗겼다며 분통을 터뜨렸다. 그리고 얼마 지나지 않은 9월 9일, 평양에서 '조선민주주의 인민공화국'의 수립을 선포했다. 분단 이후 북한 내륙지역 거주민들에게는 38선상의 사건 사고에 대한 관심보다 남조선에 대한 경쟁심과 적개심이 더 강화되고 있었다. 그러한 조짐은 인민위원회가 조직한 노동당원들에 의해 조직적으로 확산되어 온 결과였는데, 김상호도 그런 조직의 일원으로 활약하며 사람들의 생각의 방향을 조종하고 있었다.

당시 김상호와 같은 순진한 열성당원들은 남조선보다 북조선이 한 발 늦게 정부를 세웠다는 점과 남조선이 태극기를 사용하게 됐다는 두 가지 점에서 자존심이 상해 있었다. 마을 인민들을 모아놓은 회관에서 김상호는 이런 태도를 바꾸어야 했다. 그는 대중들을 비판했다.

"동무들! 우리 북조선이 뭐든 다 먼저 하면 좋겠지만서두, 세상 일이 그리 돌아가는 건 아이요. 저쪽 놈들에게도 뭔가 먹을 거를 떼어주고 가야 한다 이거요. 생각해 보오. 우리는 벌써 인민군대가 창설됐지 않았소. 게다가 '조선'이라는 국호를 우리가 갖고 오지 않았소?"

"옳소!"

누군가 선창하면 곧이어 반사적으로 박수소리가 터져 나왔다. 그러면서 좌중은 서로 고개를 끄덕이게 돼 있었다. 인민반 회의를 지도하러 온 도당 간부들은 연단 상석에 앉아서 김상호의 믿음직한 뒷모습에 만족한 웃음을 지었다.

북한지역에서 정부가 구성되고 있을 때 압록강 건너 중국에서는 모택동 군대가 장개석 군대를 몰아내고 연전연승한다는 소식이 접해졌다. 동북3성에 거주하는 조선족 청년들이 무려 10만 여 명이나 자원입대하여 군대를 편성하고 장개석 군대와 싸워 이기고 있다는 것이다. 거기에 더하여 모스크바로 유학 간 장남 익화로부터 온 편지에서는 유럽 여러 나라들이 사회주의로 가고 있다는 소식이 있었다. 김상호는 교육받지 못한 이유로 스스로 더 깊이 알려 하지 않았다. 다만, 사회주의라는 것이 거대한 탑을 쌓는 것이라면, 기반이 되는 현실 속의 작은 문제들을 지나치게 대충 넘어가고 있다는 데 대한 불신감이 있었다. 획일적 제도의 폐해였으나 역시 김상호는 배운 바 없으므로 그런 식으로 말하거나 표현하는 법을 몰랐다.

오히려 눈치가 빨라 아무리 옳은 이야기라도 해서는 안 되는 상황이 많다는 걸 많이 배운 사람보다 많이 알고 있었다. 이것이 그의 장점이자 능력이었고 그가 자신의 집안을 보존하는 노하우였다.

1949년 10월 1일에는 드디어 북조선 인민들이 열렬히 지원해 준 중국공산당군대가 승리하고 북경 천안문 광장에서 모택동 주석이 '중화인민공화국' 수립을 선포했다고 했다. 세상은 점점 낙원에 가까이 가고 있었다.

선천읍 대동리의 중공군

1950년 초, 러시아에 유학 갔던 익화가 우수한 성적으로 졸업하고 돌아왔다. 그는 당의 배려로 머지않아 좋은 직장에 배치될 것이 분명하다고들 했다. 문제는, 익화가 결핵에 걸렸는데 학업에 쫓겨 제대로 치료도 못한 채 휴가를 얻어 집으로 돌아온 것이다. 다행히 상태는 심하지 않았지만 마음 놓을 일도 아니었다. 마침 선천군 병원에 안면 있는 사람을 통해 집에서 간병할 수 있을 정도의 약을 구할 수 있었다.

봄이 왔을 때 선천군 도로는 노란 색 산유화와 중공군의 행렬로 가득 찼다. 중국과 가까운 신의주와 철산, 선천 지역의 도로를 통해 조선족 출신의 중공군들이 총과 배낭을 지고 행진해 북한 지역으로 들어왔다. 다 같은 사회주의 동맹 국가였으므로 김상호는 명령에 따라 주민들을 이끌고 선천군까지 나가 환영식에 참가했다. 그들은 하루에 40~50킬로미터씩 걸어서 이동했는데 통과하는 마을마다 환영식을 해 주었다. 약 2만 3,000여 명의 조선족 중공군들이 북한 인민군에 편입되던 중이었다. 이들 대다수는 6·25 전쟁 당시 선두로 서울 점령에 앞장서게 된다. 당시 김상호가 살던 선천읍 대동리의 경우에 중공군 1개 대대가 임시로 주둔하게 됐다.

그들은 임시 막사를 짓고 뽕나무 밭을 주인의 허락 하에 100여 평 정도의 평지로 바꾸었다. 이곳에서 1개 대대 병력의 취사와 식사가 제공되는 야전식당이 자리했다. 그들은 커다란 양동이 같은 그릇에 밥을 담아두었고, 각종 반찬을 기름에 볶아 역시 같은 크기의 양동이에 담았다. 밥과 국, 그리고 반찬을 담은 양동이를 야전식당 한 가운데에 두면 소대별로 병사들이 밥그릇과 숟가락을 들고 들어와 자유롭게 자신의 그릇에 퍼 담았다. 그리고 논둑이든 개울 옆이든 아무데나 앉아서 식사를 하곤 했다. 김상호가 체험한 선천군에 주둔했던 외국군대는 일본군, 소련군, 중공군이었는데 그 중 가장 민간인들에게 우호적인 군대는 중공군이었다. 그들도 인간인지라 일탈하는 군인들이 발생하곤 했다. 여성을 겁탈하려다 붙잡힌 중공군 병사는 다음날 공개적으로 총살되었다. 세 번 정도 이런 식의 엄벌이 처해지자 더 이상 대민사고는 발생하지 않았다. 이들이 한 날 한시에 짐을 꾸려 사라졌는데 그때가 6월 1일이었다. 모두 남쪽으로 내려갔다는 것이다.

"남조선 놈들이 처들어오는 바람에…"

"무시기 소리요? 전쟁이 터졌다고요?"

김상호가 놀라 묻자 도당위원장이 주먹을 쥐고 치는 시늉을 하면서 설명했다.

"오늘 새벽에 남조선 괴뢰 놈들이 38선을 넘어 쳐들어오는 바람에 우리 용감무쌍한 인민군들이 괴뢰들을 재껴버리고 계속해서 밀고 내려가고 있소. 조국은 머지않아 통일 될 것이오. 그때 김상호 동지도 할 일이 많겠수다. 건강 잘 챙기기오. 당은 조국해방전쟁을 반드시 승리하게 될 거요."

김상호에게 6·25는 '남조선에 의한 북침'이었다. 그러면 "'조국방어전쟁'이 아닌가?" 라며 혼자서 갸웃거렸다. 해방시키는 쪽이 공격을 먼저 할 텐데… 그는 무식한 자신을 탓하는 수밖에 없다며 생각을 접었다. 어차피 전쟁은 전선이 제일 치열할 것이다. 전선은 38선이고 평안북도 그것도 북쪽의 선천군은 느긋한 여름 날씨에 곡식들이 알차게 익어만 가고 있을 뿐 아무런 걱정도 되질 않았다. 늦보리가 누렇게 익어가는 들판 위로 뭉게구름이 여유롭게 떠있는 모습은 앞날의 행운을 보장하는 듯했다. 그의 그런 느낌은 얼마가지 않았다.

그로부터 사흘 뒤부터 선천군의 하늘은 공포 그 자체가 되었다. 미 공군의 전투기들이 날아들어 폭격을 가했다. 녹음 푸르던 숲 사이로 네이팜탄이 떨어지면 시뻘건 불길들이 치솟았다. 그런 곳은 여지없이 화염에 휩싸이다 흉한 잿더미를 남겼다. 농작물이건 빈 창고건 하늘에서 보고 뭔가 있다고 여겨지면 가차 없이 폭탄을 떨구고 기관총을 쏘아댔다. 마을 인민중 상당수가 죽거나 다쳤다. 그들 한명 한명은 김상호는 익히 잘 알던 사람들이었다. 순박하고 부지런했고 무엇보다 이런 날벼락 같은 폭격에 죽어야 할 그 어떤 이유도 없었다. 그런데 파편으로 몸뚱아리가 두 동강 난 시체로 돌아왔고, 시커멓게 타 죽은 시체가 돼 돌아왔다. 미국 놈들에게 이가 갈렸다. 서둘러 김상호는 장례를 도왔다. 그날 이후 대동리 사람들에게 미군은 '철천지 원쑤'가 됐다.

이장이던 김상호는 복구를 위해 정신없이 쫓아다녔다. 아군기가 미군기를 맞아 공중전을 벌이기도 했지만 그때마다 번번이 아군기가 격추되거나 꽁무니를 빼고 도망가기 바빴다. 상황이 이상하게 돌아갔다. 도당 위원회에 전황을 물어보면 인민군들이 벌써 수원을 지나 대전으로 가고 있다고 하니 불안하지만 지켜볼 수밖에 없었다. 일주일째 공습이 멈추질 않자 상부에서 명령이 하달됐다. 인민들을 동원해 공습에 대비한 방공호를 만들라는 것이다. 김상호는 그 해 여름 내내 주민들을 독려해 가며 마을 산자락 곳곳에 토굴을 파서 방공호를 만들었다. 대동리의 보통학교 100여 학생들을 위해 학교 부근의 산을 깎고 그곳에도 방공호를 만들었다.

폐기했던 예배당 종탑을 수리해 공습경보를 울릴 때 사용했다. 종(鐘)이 없어졌으므로 포탄 탄피를 달아두고 망치로 때리는 식이었지만 효과는 좋았다. 동해 바다에 들어온 미 해군 항공모함에서 날아오른 콜세이어기는 마을 곳곳을 때리고 지나갔다. 그들이 나타날 때면 하늘에서 비행기 캐노피에 반사된 햇볕이 반짝하고 보일 때도 있었다. 공급경보가 울리면 어린 아이들은 선생님의 인솔 하에 방공호로 긴급히 대피했다. 훈련이 잘 된 덕분에 모두 질서 있게 움직였다. 선생님들 역시 투철한 의식을 갖고 있어서 방공호로 들어온 지 5분 후부터는 수업을 계속했다. 구구단을 외우다 대피했으면 다시 구구단을 외우는 식이었다. 공부를 시작하기 전에 선생님들은 아이들에게 공포감을 이기도록 노래 두세 곡을 합창하게 했다. 늘 빠지지 않는 노래는 "장백산 줄기 줄기 피어린 자욱 / 압록강 굽이 굽이 오늘도 자유조선 / 꽃다발 우에 력력히 비춰주는 거룩한 자욱..."으로 3절까지 이어지는 '김일성 장군의 노래'와 "금강산 찾아가자 일만이천봉 / 볼수록 아름답고 신기하구나..." 의 금강산이 있었다.

선천군은 넓은 평야지대로 어촌과 농촌이 접한 곳이었고 거주민들은 대체로 굶주림을 모른 채 살아온 곳이다. 그러나 1950년 6월 25일 이후 선천군 일대는 싸울 적군은 보이지도 않은 채 미 공군의 폭격만 수없이 받게 됐다. 공군 조종사들은 선천 지역을 주요 보급기지겸 보급루트로 알고 있어 건물이든 곡물창고든 혹은 수확을 기다리는 익은 곡식이든 가리지 않고 폭탄을 떨구고 가버렸다. 선천군에서 대대로 살아온 김상호 집안도 그 해부터 굶주림과도 싸워야 했다.

7월초가 되자 이장이던 김상호 집으로 징집명령이 떨어졌다. 17세 이상 되는 남자는 모두 인민군대로 입대시키라는 명령이었다. 장남 익화와 둘째 익선이가 해당됐다. 그는 자식을 잃기 싫었다. 하지만 거역할 수도 없었다. 두 아들은 아버지의 입장을 이해하면서 입대하겠다고 했다.

"제 병은 군에 가서도 고칠 수 있을 거예요. 그러니… (콜록)… 걱정 마시라요… (콜록, 콜록)."

"그깟 괴뢰놈들, 탁! 밟아주고 오갔시오. 아바지."

아이들의 모습을 보자 잘못하면 두 아들 모두 잃게 될 수 있겠다는 생각에 겁이 덜컥 났었다. 그는 지혜롭게 절충안을 만들었다. 대체로 건강한 둘째를 입대시키는 대신, 병약한 장남은 빼 돌리기로.

아버지 김상호

오전 10시경, 여름 해가 달아오르기 시작할 무렵 대동리 마을 입구에 '대동리 입대 전사 집합소'가 마련됐다. 200여 가구 중 해당 가구 가족들은 모두 나와 환송을 했다. 환송객은 200명이 넘었다. 전선으로 갈 17세 이상 징집 해당자들이 25명이었는데 김상호의 둘째 아들도 거기에 포함돼 있었다. 김상호 가족들도 장남 익화만 제외하고 모두 나왔다. 김수찬 영감, 김상호, 박순금, 김익풍, 김순자, 김경자, 그리고 막내딸 김선자. 거기다가 아직 나이가 덜 찬 김익선의 친구와 이웃집 사람들까지. 붉은 별이 그려진 소련제 트럭이 대기하고 있다가 이들을 태웠다. 사람들은 "용감하게 싸우고 건강하게 돌아오라" "꼭 이겨라" "조선노동당 만세" 등등의 저마다의 소원을 외쳤다. 떠나보내는 아들들에게 마을 사람들은 모두 웃는 낯이었는데, 트럭이 떠나고 더 이상 손을 흔들 이유가 없자 하나같이 얼굴에 덮여진 가면을 벗었다. 거기엔 깊은 수심의 그늘이 드러나 있었다. 그들은 우마차가 겨우 다니는 농로를 따라 각자의 집으로 발걸음을 옮겼다. 대부분이 고개를 숙인 채 발끝만 보고 걸었다. 그들의 발길에는 여름날 질경이들이 밟히고 있었다.

송별식이 끝나자 김상호와 가족들도 서둘러 집으로 돌아왔다. 그는 아내와 함께 농기구를 모아 두는 창고 바닥 아래에 묻어 놓은 커다란 김칫독을 꺼냈다. 그리고 막 학교를 파하고 집으로 온 셋째 아들 익풍을 부른 뒤 잔심부름을 시키면서 삽과 곡괭이로 구덩이를 더 크게 만들었다. 김상호의 아버지 김수찬 영감도 지팡이를 짚고 손녀딸들에게 사정을 이야기하고 문밖에 나가 망을 보게 했다.

작업을 마쳤을 때 땀으로 목욕한 듯 김상호의 몸은 흠씬 젖었다. 바닥으로 위장된 나무판자를 들면 그 아래에는 한 사람이 충분히 안거나 누울 수 있는 공간이 마련됐다. 김 영감은 마른 짚 대신 옥수수 가마니를 비워 바닥에 깔도록 했다. 어머니 박 씨는 옷가지와 요강을 내려다 주었고 익풍은 마실 물을 담은 깡통을 가져다 놓았다. 해거름녘이 되어 오가는 사람도 없고 주변이 어둑해졌을 때 익화는 다락방에서 조용히 내려왔다. 그의 손에는 책과 남포를 싼 보자기가 들려 있었다. 그날부터 전쟁이 끝날 동안 김익화는 서류상으로 입원중인 환자였다. 상부에서 내려오는 공문은 이장인 아버지 김상호가 서류로 막아냈다. 실제는 가족들의 보살핌을 받으며 비밀스런 지하방에서 감옥 아닌 감옥 생활로 목숨을 이어야 했다.

3장

평창군 봉평면

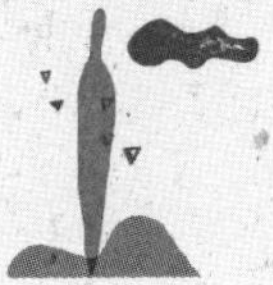

먹구름이 바람에 쓸리듯 밤하늘 한편으로 날려갔다.
그 뒤로 푸른 창공이 열리고 양동이채 엎질러 놓은 듯
별무리들이 지천(至賤)으로 깔린 위로
둥근 달빛이 쏟아지고 있었다.
가끔씩 별똥별이 사선(斜線)을 긋고 지나갔다.
금색 달빛이 눈부시게 내려앉자 화들짝 놀라
잠에서 깬 개구리와 맹꽁이들이 일제히 합창을 시작했다.

봉평 학살

봉평면 흥정계곡으로 들어간 이석우와 그의 어머니 강순길은 국도를 따라 인민군들이 떼거지로 지나가는 장면을 보고 자연이 제공하는 방공호나 다름없는 동굴 속에서 그 해 여름을 보내기로 했다. 처음엔 마을로 돌아갈 엄두를 못낸 채 칡뿌리와 산딸기 같은 열매들과 개구리와 뱀 등으로 연명했다. 석우는 어릴 때부터 아버지로부터 올무로 사냥하는 법을 배웠다. 두 사람은 이 방법으로 토끼와 들쥐 등 단백질원을 공급할 수 있었다. 게다가 흥정계곡의 숲속엔 제법 뱀들이 많았다. 비가 그친 뒤 너럭바위로 가보면 몸을 말리러 모여든 뱀들이 늘어져 있어 석우는 쉽게 이들을 잡아 구워 먹을 수 있었다. 가장 기본적인 의식주가 해결되자 점점 마을의 상태가 궁금해졌다.

동굴에서 일주일을 보낸 날, 어머니 강 씨를 안심시킨 석우는 아침 일찍 봉평면으로 시오리 길을 걸어 들어가 보았다. 계곡을 벗어날 무렵 대화면으로 갈라지는 도로에 없던 검문소가 보였다. 총을 맨 인민군들이 지나다니는 사람들을 일렬로 세워놓고 무얼 묻거나 짐을 뒤지는 등 검문을 하고 있었다. 그 옆으로 붉은 별이 그려진 탱크가 세워져 있었다. 석우는 가능한 누구와도 마주치지 않으려 일부러 길을 피하고 산 밑으로 빙 돌아 봉평면으로 접근했다. 때로는 작은 개울에 허리까지 빠져들면서도 마른 땅을 밟기 위해 몸을 드러내는 일은 하지 않았다. 물과 땀으로 온 몸이 흠뻑 적셔진 채 한 시간쯤 전진했을 무렵 비로소 파랗게 자라 오른 벼들 사이로 멀찍이 봉평면이 보이기 시작했다. 논둑이 숨어 보기 좋은 장소가 됐다. 석우는 기다시피 논둑으로 기어올랐다. 논둑위로 고개를 들어 올리자 지평선처럼 풍경을 가로지르는 흥정천 둑방길 위로 한 무대기의 사람들이 모여 있었다. 밀짚모자 차림에 소매를 걷어 올린 농사꾼 차림의 남자들, 지팡이를 짚은 채 허리

구부정한 노인들, 그 사이로 수건을 머리에 쓰고 물 빠진 검은 치마를 두른 여인네들, 게다가 단발머리의 계집아이들과 빡빡머리의 사내아이들도 있었다. 여러 집 가족들이 모두 나온 모양이었다. 아이들도 장난질을 치지 않고 얌전하게 어른들에 기대서 있는 모습이었다. 사람들의 시선은 약장수가 약 팔기 전에 재미난 재주를 보여줄 때처럼 둑 너머 그 아래로 집중돼 있었다. 그러나 약장수가 약 팔던 광경과 달리 어딘가 긴장감이 고여 있었다. 매미와 여치가 울어 재끼고 등에가 날아다니는 풍경 속에 사람들은 땡볕아래 거의 움직이지도 않고 모여선 장면이 묘했다. 자세히 보니 군인들 대 여섯 명이 동그란 탄창이 붙은 따발총을 비스듬히 겨눈 채 사람들을 지키고 있었다.

석우는 고개를 좀 더 들어보았다. 둑방 너머 물이 보이고 허리를 좀 더 일으켜 서자 물가에 늘어선 사람들이 보였다. 눈은 가려졌고 두 손은 뒤로 묶인 채 일곱 사람이었다. 네 번째는 치마를 두른 여자도 있었다.

"타타타타타타…"

산간오지 봉평에서 날카로운 금속성 소리가 연달아 울린 것은 그로부터 아주 짧은 시간이 흐른 뒤였다. 소리는 둑 아래서 들려왔다. 무심한 메아리가 그 소리를 반복했다. 석우는 반사적으로 벌떡 일어나 발끝으로 곧추섰다. 물가에 섰던 사람들은 힘없이 쓰러져 있었다. 갑자기 둑 위에서 섰던 사람들 가운데 아이들과 여자들이 통곡 소리를 내며 둑 아래로 달려가다 사라졌다.

"아이고오, 형수." "아부지요." "와앙, 아부지." "누나야." "아악 사람 살려요." "어무이…" "아이고, 저런…"

한꺼번에 사람들의 비명과 탄식이 터졌다. 이어서 총 든 인민군들의 욕설 섞인 고함소리가 들렸다. 총성이 지나간 자리에 곡성이 뒤따르고 있었다. 죽음과 공포, 슬픔과 비통이 홍정천변을 시뻘건 핏물로 물들이고 있었다.

석우는 재빨리 납작 엎드렸다. 마치 자기도 총에 맞아 죽을 수 있다는 걸 느낀 것처럼. 그리고 뒤로 기어서 논둑 아래로 내려왔다. 어머니가 있는 동굴로 빨리 돌아가야 했다. 살면서 저토록 끔찍한 현장은 두 번 다시 보고 싶지 않았다. 자신도 저들에게 잘못하면 죽을 수 있다는 생각은 그의 이빨을 따닥따닥 소리를 내게 했다. 잡풀 속에 엎드린 채 잠시 아무 것도 하지 못하고 엎드려 있기만 했다. 자지러지던 곡성이 잦아들더니 얼마 뒤부터 몇몇 사람들의 통곡소리만 들려왔다. 정신을 가다듬고 논둑위로 다시 기어올라 보니 고개를 푹 숙인 사람들이 저마다 흩어지고 있었다. 몇몇 사람들이 가마니 같은 거적으로 덮은 시신을 메고 둑으로 올라서고 있었다. 석우는 동굴로 되돌아가기 위해 올 때와 반대방향으로 몸을 움직였다. 이번엔 훨씬 몸을 낮춰서 기다시피 움직였다. 여름 햇살이 참 무심하다는 생각을 했다.

동굴 생활

석우가 마을에서의 학살을 본 충격은 한동안 가시지 않았다. 동굴 밖으로 쏴아 하는 물소리가 유난히 크게 들려오고 있었다.

"석우야, 면에 들어가 봐야 하지 않니? 느이 아부지가 오시기라두 하면 우릴 찾아야 할거니깐…"

"지금은 인민군들이 많아서 좀 그래요."

"왜 무슨 일이라도 있는 거니?"

"그건 아니고 막 사람들을 잡아가고 그래서…"

"에고, 그럼 가지 말아라. 이 애미는 너라도 있으니 힘이 된다. 너마저 끌려가믄 나 혼자서 여기서 어쩌냐. 느이 애비가 있냐, 영선이나 영란이가 있나… 절대 가지 말어. 알겠지?"

"예, 그러지요."

어머니를 안심시키기 위한 이야기였지만 마흔 중반 나이의 어머니 강 씨도 눈치가 없지 않았다. 석우가 숲으로 나무하러 나가는 때를 틈타 이번엔 강 씨가 마을로 들어간 것이다. 그녀는 그날 오전에 벌어진 학살 사건의 전모를 사람들로부터 전해 들었고 거적 밖으로 삐죽 나온 죽은 자의 시퍼렇게 변한 손과 발도 보았다. 몇몇 사람들이 수군대며 시신으로부터 멀찍이 돌아가고 있었다. 겁에 질린 얼굴로 그녀는 얼마 전에 들렀던 국밥집을 애써 찾아갔다. 밥집은 더위 때문에 문을 열어둔 것이지 장사는 포기한 채였다. 노인의 아들로 보이는 주인이 나와 장사는 안한다며 손사래를 쳤다. 그녀는 며칠 전 이 식당에 들렀다고 말하며 노인의 안부를 물었다. 그때서야 주인은 자기 아버지로부터 이야기를 들었다며 나무의자에 앉으라고 했다.

"나쁜 놈의 빨갱이 새끼들. 죄 없는 사람을 잡아다가… 저렇게 죽이고… 앞으로 어찌 될지 모르겠네… 하… 참네…"

그녀는 아무 대답도 하지 않았다. 이야기의 주제에 동참하지 않으니 주인은 그녀에게 말을 걸었다.

"아 참, 우리 아부지가 효자 아들 두셨다믄서 칭찬 많이 하셨더래요. 그 먼데서 예까지 엄니 모시고 걸어 왔다믄서요. 어디 속초래요?"

그날 강 씨는 품속에서 은비녀를 꺼냈다. 38선을 내려올 때 어차피 북한 돈은 쓸모가 없으니 화폐 대신 쓸 요량으로 챙겨둔 것이었다. 그것으로 냄비와 수저 두 벌, 작은 공기 두 개, 톱 하나를 구했다. 혹시 남편이 속초에서 와 자신과 아들을 찾거든 흥정 계곡 속에 숨어있고 자주 이곳으로 나오니 꼭 기다려 달라는 당부를 해 두었다.

"아, 저 흥정계곡이요? 잘 알지. 거, 동굴이 몇 개 있소. 전엔 산막도 있었는데 요즘엔 안 가봐서… 몸 조심하시구. 내 바깥양반 오시믄 그렇게 이야기해 드릴게. 걱정 마시우. 아, 잠깐만 계시우."

그는 떠나려는 강 씨를 부르더니 냄비를 빼앗듯 가지고 부엌으로 들어가더니 잠시 후 냄비를 들고 나왔다. 냄비는 처음 것보다 훨씬 컸는데 그 안에 생감자를 가득 채워 넣은 것이었다.

"이거 이대로 가져가시믄 안 될거래요. 저 보자기로 싸서 들고 가시우."

"에고, 고마워요."

그녀가 국밥집을 나오는 데 주인이 혼잣말을 하고 있었다.

"씨부랄 넘들, 순경이 무슨 죄라고 총질을 하는지… 피난도 못 가겠고… 큰일이네.."

저녁 노을이 서쪽 하늘을 물들일 때 강 씨는 마을에서 구한 것들을 한보따리로 묶어 이고 계곡 속으로 들어왔다. 그날 밤, 석우보다 어머니 강 씨가 마을을 드나드는 편이 훨씬 안전하다고 두 사람은 결론을 내렸다. 이로써 동굴 생활의 업무가 자연스럽게 나눠졌다. 어머니 강 씨는 마을을 드나들면서 식량과 여러 소문들을 구해 오고, 석우는 톱을 허리춤에 차고 숲 속을 헤매며 아미산에서 했던 것처럼 채집과 수렵을 하게 됐다.

기도

어느 정도 동굴생활에 체계가 잡혀가자 석우는 비로소 어머니의 기력이 많이 쇠잔해가는 것을 느꼈다. 그녀는 봉평면에서 벌어진 비극을 목격한 뒤로 불안감에 잠을 설쳤다. 자주 악몽을 꾸기도 했고 낮이면 남편과 두 딸들의 걱정에 시름하는 것이 일과가 됐다. 물을 뜨러 가다가, 구운 옥수수를 먹다가, 잠을 청하러 드러눕다가 갑자기 남편 목소리를 들었다며 벌떡 일어나 앉곤 했다. 석우가 진정시키면 소리죽여 흐느끼곤 했다.

"에고, 에고, 영선아··· 영란아··· 석우 아부지··· 제발··· 살아계시오···"

동굴 안에서 총성은 잘 들리지 않았지만 지축을 울리는 포격음은 알아차릴 정도로 들려오곤 했다. 긴 장마가 지나는 동안 석우와 어머니는 동굴 속에서 밖으로 나가지 않았다. 개울물은 밤낮으로 콸콸대며 무서운 소리를 쏟아 부었고 천둥과 포격 소리도 수풀위로 떨어지는 빗소리와 뒤섞이며 끊이지 않았다.

석우는 얼마 남지 않은 검불과 마른 나무토막으로 잔불을 피워 습기와 추위를 막곤 했다. 그녀는 멍하니 동굴 밖 개울물을 쳐다보고 있었다. 황토 섞인 급류가 튀어 오르다 맴돌며 흘러가는 광경에 넋을 잃고 쳐다보던 강 씨는 속초에서 헤어진 남편과 두 딸에 대한 염려, 전쟁의 사신(死神)이 몰고 온 공포가 그녀의 정신을 갉아먹고 있음을 알아차렸다. 그녀로서는 힘겨운 싸움이었다. 그녀는 자신이 정신을 차리지 못하면 남편이고 자식이고 두 번 다시 못 볼 수도 있다는 생각이 들었다. 이대로 있을 수는 없다고 생각한 것이다. 처음엔 일방적으로 밀리던 강 씨는 반격을 시도했다.

비가 그쳤던 한 밤중, 그녀는 개울로 내려가 목욕을 하고 동굴로 올라왔다. 길게 풀어헤친 머리를 정갈하게 참빗으로 빗질한 그녀는 작은 종지그릇을 들고 굴 밖으로 나갔다. 선잠이 들었다가 깬 석우는 어머니가 무슨 행동을 하는 지 금방 이해했다. 홍천 아미산 중턱의 귀틀집 부근에 수백 년 묵은 느티나무 한 그루가 있었다. 어릴 때부터 석우는 어머니가 그 나무 앞에 물을 떠 놓고 기도하던 모습을 보고 자랐다. 사람보다 강한 보이지 않는 존재를 향해 정성을 다해 소원을 비는 것이다. 어둠속의 어머니를 지켜야 한다는 생각에 석우는 일어나 조용히 뒤따라갔다. 별빛도 없는 밤, 물소리가 이무기를 부르듯 무섭게 퉁탕거리는데 근처 바위들은 희끄무레한 빛을 흘려주어 대략의 분간이 되었다. 그녀는 동굴 밖 20여미터 쯤에 우뚝 선 절벽 아래로 갔다. 그곳에 물을 담은 종지그릇을 정성스레 올린그녀는 큰절을 세 번 했다. 그리고는 무릎을 꿇고 앉아서 두 손을 비비며 기도를 시작했다. 향불도 없고 촛불도 없지만 어머니는 평소 의지하던 산신령에게 기도를 하는 모양이었다. 산신령님께 가족의 무사를 비는 그녀의 기도문이 나지막하게 들렸다. 비가 그친 숲에서 소쩍새가 장단을 맞추듯 울어대고 있었다.

"신령님, 신령님, 우리 가족 잘 좀 보살펴 주세요. 신령님, 신령님, 우리 가족 잘 좀 보살펴 주세요. 신령님, 신령님, 우리 가족…"

그녀의 기도문은 간단했으나 반복적이었다. 석우는 동굴 입구에 앉아 어머니를 기다렸다. 먹구름이 바람에 쓸리듯 밤하늘 한편으로 날려갔다. 그 뒤로 푸른 창공이 열리고 양동이 채 엎질러놓은 듯 별무리들이 지천(至賤)으로 깔린 위로 둥근 달빛이 쏟아지고 있었다. 가끔씩 별똥별이 사선(斜線)을 긋고 지나갔다. 금색 달빛이 눈부시게 내려앉자 화들짝 놀라 잠에서 깬 개구리와 맹꽁이들이 일제히 합창을 시작했다. 아버지와 두 여동생의 얼굴이 밤하늘에 떠올랐다. 흉측한 전쟁의 사신이 돌아다니는 이 밤에도 무사히 잠을 자고 있을까. 언제쯤 만날 수 있을까. 스무 살이나 먹었지만 석우는 태어나서 어머니와 단 둘이 숲속에서 이런 식으로 살아본 기억이 없었다. 아버지를 만나면 제일 먼저 홍천 아미산을 다시는 떠나지 말자고 다짐 받을 생각이었다.

거의 매일 어머니의 기도는 물안개가 피어오르는 새벽 세 시 무렵부터 동 틀 때까지 계속 됐다. 그녀의 복장이며 눈빛이며 모든 것이 차분해지기 시작했다. 그녀는 그 해 여름 내내 동굴에서 종교생활을 하며 보낸 셈이었다.

부고(訃告)

9월로 접어들자 봉평면 부근의 인민군들이 동요하는 모습이 보였다. 대지에서는 국군을 구경조차 할 수 없었는데 하늘에는 북쪽의 비행기가 아니라 남쪽의 비행기들만 날아올랐다. 그들은 언제나 인민군 부대가 주둔하고 있는 곳을 찾아내 폭격과 기총사격을 해댔다. 다행히 봉평면은 오지 중 오지여서 그런지 인민군의 대규모 부대가 주둔하지 않았다. 오히려 작은 부대가 홍정천 다리 부근에 천막을 치고 주둔하면서 긴 안테나들을 세워두고 있었다. 그런 어느 대낮에 그 천막으로 폭격이 있고나서부터 군부대는 자취를 감췄다.

삼사 일에 한번 꼴로 봉평면엘 다녀오던 강 씨는 이제 석우와 함께 가도 안전할 것 같다는 느낌을 받았다. 남쪽에서 대포 소리가 끊이지 않는 것과는 별개로 총을 맨 인민군 병사들이 경비하던 면사무소나 차단기를 설치해 둔 검문소도 사람이 보이지 않았다. 검문소 옆에 버티던 괴물 같은 탱크는 비행기에서 떨군 폭탄에 맞아 시커먼 흉물로 주저앉아 있었고 불을 뿜었을 대포 주둥아리는 대나무 지팡이 끝 갈라지듯 쩍 벌어져 있었다. 그렇다고 완전히 안전한 것도 아니었다. 여전히 붉은 별이 그려진 국방색 트럭과 오토바이를 탄 인민군들이 분주하게 오가고 있었지만 봉평면 주민들의 행동은 전보다 좀 더 자유롭게 움직였다.

9월 중순경, 강 씨는 비교적 활동이 자유로운 틈을 타 마을에서 피난을 가 버려 비어버린 집 하나를 찾아낼 수 있었다. 방문을 열어보니 벌레들이 숨기 바빴고 들창으로 나팔꽃 덩굴이 감아 들고 있었다. 비워진 시간이 그리 오래지 않아 망가진 곳도 별로 없는 방 두 칸짜리 초가였다.

그로부터 사흘 뒤 석우와 어머니는 집주인과 가족들이 사라진 초가집으로 들어와 지냈다. 거리에는 더 이상 석우 같은 젊은 남자는 볼 수가 없었다. 석우에게는 홍정계곡의 동굴이 이곳보다 훨씬 편했다. 봉평면과 홍정천 사이 작은 개울 옆의 초가집에 대낮부터 숨는 다는 것이 여간 힘들지 않았다. 작은 이불장을 조금 끌어내서 아침이 오면 이불장 뒤로 들어가 잠을 청했다. 그 사이 어머니 강 씨는 마을을 돌아다니면서 혹시 남편과 딸이 돌아오지는 않았는지 알아보러 다녔다.

귀뚜라미가 울어재끼는 한밤중에 창밖으로 둥근 달이 구름 속에서 얼굴을 내밀었다. 석우와 강 씨 모자는 툇마루로 나와 구름 속을 헤치고 미끄러지듯 나아가는 달을 하염없이 바라보았다. 가끔 먼데서 대포 소리가 들리긴 했으나 이제는 그런 전장소음도 풍경의 일부가 된 듯 두고 온 가족들의 생각을 멈추지 못했다.

추석이 얼마 지난 뒤였다. 갑자기 인민군들이 허겁지겁 북쪽으로 올라가기 시작했다. 지프를 탄 장교들의 차량엔 본넷과 뒷좌석에 부상병들이 여기 저기 실려 있었다. 걸어가는 보병들은 처음 밀고 내려갈 때의 날선 눈빛과 당당한 걸음 대신 거렁뱅이와 흡사한 행색으로 절뚝이며 걸어갔다. 얼굴엔 슬픔과 분노와 고통이 뒤섞여 있었다. 그리고 만 하루가 지나지 않아 그들 뒤로 대한민국의 국군이 올라왔다. 봉평 사람들은 저마나 태극기를 그려 들고 나와서 "대한민국 만세"를 불렀다. 면 시가지를 지나는 군인들은 길 양옆으로 길게 줄지어 걸었는데 "전우의 시체를 넘고 넘어 앞으로 앞으로…"하는 노래를 합창하며 걸어갔다. 생명이 다시 살아나고 있었다. 사람들 틈에서 이석우는 어머니와 함께 만세를 불렀다. 조만간 아버지와 두 여동생을 볼 수 있다는 기쁨이 이들 모자에게 활기를 불어 넣어주었다.

봉평이 수복되면서 강 씨는 네 가지 걱정거리를 안고 살아야 했다. 우선 피난 갔던 집 주인이 돌아오면 집을 비워주어야 하는 걱정이 하나요, 북진하는 국군이 과연 38선 이북으로 진격해서 속초로 올라갈 것인지가 두 번째 걱정이었다. 게다가 속초에서 국군과 인민군이 전투를 벌이면 그 속에서 이원기와 두 딸이 무사할 수 있을지가 세 번째 걱정이었다. 네 번째 걱정은 인민군들이 물러난 세상에 국군이 들어차면서 여전히 3대 독자인 아들이 국군에 끌려갈지도 모른다는 두려움이었다.

거리로 나가 군인들을 붙들고 어디까지 가게 될 것 같으냐, 속초에도 갈 것이냐고 물어보면 승리감에 도취된 국군들이라 항상 백두산까지 간다는 말들이었다. 거기엔 우리 국군만이 아니고 외국 병사들도 제법 끼어 있었다. 사람들이 유엔군이라고 알려주었다. 유엔군이 우리나라를 도와주니 백두산까지 금방 올라갈 수 있고 전쟁은 올해가 가기 전에 통일이 되면서 끝날 수 있다는 이야기였다. 전쟁이 끝나야 아들이 자유로워진다는 사실을 어렴풋이 알게 되자 그녀는 속초까지 진격도 진격이지만 어서 빨리 통일이 되어서 아들이 자유롭게 살 수 있기를 바라게 되었다.

봉평에 국군들이 들어와 진을 친지 이틀 뒤엔, 인민군이 들어와 머물렀을 때 그들에게 길안내를 하고 경찰관 집들을 가르쳐 주었던 마을 사람 세 명이 붙잡혀 있었다. 헌병들이 이들의 팔과 손목을 묶은 채 홍정천 천변으로 끌고 가는 중이었다. 사람들이 그 뒤를 줄지어 따라가면서 잡혀가는 사람들을 향해 분풀이 같은 욕설을 했다. 강 씨는 길에서 더 이상 그들을 뒤따르지 않은 채 석우가 숨어있는 초가로 돌아왔다.

그로부터 일주일 뒤, 국군은 38선을 넘어 매일같이 승전보를 전해주고 있었다. 봉평면 사무소에 설치된 스피커에서는 뉴스가 전해졌다. 벌써 함흥을 넘어섰다는 소식이었다. 속초는 북진 사흘 후부터 점령했다고 한다. 강 씨와 석우는 모두 무사하기만을 기도하는 수밖에 없었다. 매일 아침 눈을 뜨면 이들 모자는 속초와 관련된 소식을 듣고 다니려 애를 썼다. 그날 아침도 다를 바 없었다.

처음 봉평에 들어와 찾았던 젊은 안경잽이 면사무소 직원이 하얀 파나마 모자를 쓴 남자를 안내하며 나타났다. 그 사내는 양복 윗저고리를 왼팔에 걸고 와이셔츠 단추를 두어 개 푼 채로 뒤따라왔다. 40대의 단단하고 건장한 체구에 차림새로 보아 높은 사람처럼 보였다. 안경잽이 면 직원은 강 씨를 알아보고 손뼉을 치며 말했다.

"하이고. 여기 이래 있으니 내 어찌 찾겠소. …여, 이사람들이 속초서 온 사람들이요."

안경잽이는 뒤편에 서 있는 남자에게 강 씨와 석우를 가리켰다. 강 씨는 저도 모르게 일어나 인사치레로 고개를 숙였다. 석우도 덩달아 일어났다. 그 사내도 모자를 벗고 정중하게 인사를 했다.

"이원기씨 사모님 되십니꺼?"

"예. 저라요."

"그럼 니가 아들이제? 이석우?"

"예. 지가 이석우래요."

"이거… 소식을 전해드리러 왔습니더."

"옴마, 우리 석우 아부지는요? 영선이, 영란이는요? 언제 온대요? 무사들 하지요?"

석우는 정말 오랜만에 어머니가 활기차게 말하는 소릴 들은 것 같았다. 얼굴엔 벌써 미소가 환하게 번지고 있었다.

"아이고, 저, 그기…참…내…"

그는 모자를 비스듬히 올려 쓴 채 말을 선뜻 꺼내질 못하고 있었다. 그때 면직원 안경잽이가 말을 가로막았다.

"아, 선생님, 저는 그럼 돌아가 봐도 되겠습니까?"

"아, 그라이소. 괘안소. 수고했소이."

"그럼 나중에 다시 들러 주십시오. 저는 이만 실례하겠습니다."

"참 수고 많았소이."

이제 사내와 두 사람만이 남았다. 투박한 경상도 사투리의 남자는 그러나 여전히 난처한 표정으로 "하, 이거 참…"을 반복하며 안절부절하고 있었다. 그의 이야기를 기다리는 어머니 강 씨의 눈빛이 애달프기에 더 말을 못하던 사내는 꿩 대신 닭이라도 잡는 심정으로 아들 석우에게 말을 건냈다.

"니가 석우라고 했제? 나이가 스무 살 맞제?"

"예, 그런데요?"

"옳지! 니 내 쫌 보자."

어머니 강 씨는 두 사람의 표정을 번갈아 보며 근심어린 얼굴로 바뀌고 있었다.

"석우 어무이는 여서 쫌 계시이소."

사내는 석우의 팔을 붙잡고 무조건 밖으로 잡아 당겼다.

"오마니는 여기 좀 계셔. 내 잠시 갔다 올테니."

석우도 어머니를 안심시키며 고무신을 끌고 사내를 따라나섰다. 열린 문 밖으로 불안감에 휩싸인 강 씨가 턱을 밀어 올리며 두 사람을 지켜보고 있었다. 사내는 석우의 소매를 잡아끌고 말소리가 전혀 들리지 않을 만한 밭둑까지 걸었다. 석우는 마른 침을 삼키며 얼마나 끔찍한 이야기를 들어야 할지 각오를 해야만 했다. 한 30미터쯤 밭둑을 향해 걸어 나오자 석우는 그 사내를 자세히 볼 수 있었다. 30대 후반에서 40대 초반의 다부진 체격에 예리한 눈매. 군인이었다. 그는 손가락 사이로 담배를 집어 물더니 성냥불을 붙이고 깊게 빨아 당겼다. 그리고는 길게 한숨을 내쉬었다. 담배 연기가 그의 입에서 쏟아져 나오고 있었다. 조만간 이야기가 나올 것이다. 아버지도 담배 연기를 내뿜고 나면 중요한 이야기를 시작했었으니까. 석우는 차분하게 기다렸다. 사내는 석우를 향해 돌아서더니 말을 시작했다. 그의 이야기가 끝날 때까지 석우는 한 마디도 하지 못했다.

"자, 잘 들으레이. 내는 말이지, 배 몰고 밤중에 속초를 들락날락 카는 사람이다. 군인인데 소속은… 뭐… 자세한 건 알 것 없고… 우연히 느그 아부지한테서 내캉 내 부하캉 큰 신세를 졌는기라. 작전하다가 절마들한테 걸리서 도망치다가 느그 아부지가 우리를 숨기줘서 겨우 우리가 살아 남았는기라. 속초 느그 집 안방에 있는 그 다락에 거적떼기로 물건처럼 숨어서 한 열흘을 살았을 끼다. 그때 느그 아부지 안 만났으모 우리는 다 죽었을끼다.

그리 숨어 지내던 어떤 밤중에 느그 아부지한테서 니하고 느그 엄마가 봉평에 미리 와 기다리고 있다는 이야기를 들었제. 난중에 느그 아부지가 하도 부탁을 하길래 배를 타고 같이 내리 올라고 했는기라.

무전이 겨우 돼서 비가 철철 내리는 밤에 우리 쪽 배가 올라왔고, 영선이하고 영란이 그 여식아 둘을 먼저 배에 태웠지. 그런데 갑작시럽게 느그 아부지가 언덕 위에 놔둔 짐을 가져오겠다는기라. 마, 시간도 없는데 말이지. 우리도 목숨 걸고 하는 긴데… 잘못 되면 짐이고 뭐고 다 같이 죽게 생깄뿌린기라. 그 밤에 파도는 세리 쳐 쌌제, 비는 억수로 퍼붓제, 참말로… 아무리 말리는데도 느그 아부지는 그 언덕 너머로 올라가삐제, 영선이하고 영란이는 아부지 오면 같이 타겠다고 배에서 또 뛰이 내리삐제, 고함도 칠 수도 없고, 아이고, 참. 말도 아이였다.

그란데 짐 갖고 온다던 느그 아부지가 편한 길로 내리오모 시간이 걸리니까 한 50미터 되는 절벽 옆으로 난 지름길로 온다고 하다가 그만..미끌어져서 그 높은 데서 밑에 바위로 떨어졌뻤다… 그기… 마이 다친 정도가 아이고… 마 거서 돌아가싰뻤다. 우리는 퍼뜩 탈출해야 하니까 영선이하고 영란이라도 델고 올라고 했는데 글마들이 또 울면서 안 간다 카는기라… 그 난리속에 보초 서는 놈들한테 들키갖고 마 한바탕 총질을 했다 아이가. 아, 느그 여동생들은 무사할끼다. 경비병들이 저 반대편에서 오다가 우리한테 걸리가꼬 몇 놈 자빠지고, 우리 배가 완전히 떠날 때까지 동생들 있는 데로는 절대 못 갔으니까, 동생들이 피할 시간은 충분했제.

아, 십년은 감수한 기라. 우리가 그래 철수하고 나서 부대에서 정비한다꼬 요래 쉬고 있는데 자꾸 내 꿈에 느그 아부지가 보이는 기라. 우리가 신세 진 것도 있고 해서, 봉평이라 했는데 싶어서, 내 휴가내서 이리 찾아 왔다 아이가. 그기 사람 사는 도리가 아인가도 싶어서…"

석우는 말없이 닭똥 같은 눈물을 뚝뚝 흘리고 있었다. 사내가 석우의 어깨를 가볍게 잡아 주었다.

"참 안됐다··· 니도 안됐고, 느그 엄마도 안됐고··· 그래도 우야노. 산 사람은 살아야제, 그제? 안 그러나? 울지 마라."

4장

전란(戰亂)

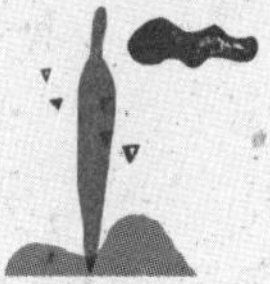

어떤 군대든 전쟁을 벌이면
여자들을 겁탈했다.

국군의 점령지

평안북도 선천의 가을이 깊어질 무렵 전황은 인민군에게 불리했다. 압록강으로 향하는 도로의 군용 차량들과 전차들이 뱀처럼 길게 북쪽으로 꿈틀거리고 있었다. 김상호는 '밀리는구나' 하고 생각했다. 10월 13일에는 평양이 나가 떨어졌다고 했다. 마을 주민들은 공포에 포박돼 아무 것도 하지 못했다. 10월 27일에는 평양에서 국군의 행진이 있고 이승만도 나온다는 소식이 퍼졌다. 지하에 숨은 큰 아들 익화는 여전히 무사하고 둘째 아들은 전선에 나갔지만 일주일 전쯤 무사히 잘 싸우고 있다는 소식을 받았다.

전선은 평안북도 지역까지 밀려 왔다. 인민군대가 기를 쓰고 막고 있지만 얼마나 버틸지 아무도 장담할 수 없었다. 선천 지역으로 남조선 괴뢰군이 들어오는 것은 시간문제였다. 이번에는 마을 이장 김상호가 도피해야 했다. 그는 아버지 김수찬 노인에게 가족들을 잘 부탁한다며 배낭을 꾸려 북쪽으로 떠났다. 여차하면 한발자국만 뛰면 중국으로 건너갈 수 있는 일보과(一步跨)로 중국에 들어갔다 오겠다고 했다.

선천읍 대동리에 남조선 군대가 들이닥친 때는 10월 하순이었다. 일부러 길에 나가 만세를 불렀다. 남조선 괴뢰군들은 유엔군이라는 외국 군인들과 함께 들어왔다. 마을 곳곳의 공터가 그들의 임시 주둔지였다. 11살 김익풍은 호기심 반 정찰 임무 반 해서 국군의 주둔지 부근을 배회했다. 주민들에게 얼마나 사나운 군대인지 아닌지를 알리기 위해서였다. 학교에서 선생님들이 미국 놈들을 설명할 때 언제나 "백인놈들" "빵코놈들"이라고 귀에 못이 박이도록 일러둔 이야기를 기억했다. 익풍은 전쟁기간 중엔 어린아이가 그래도 안전하다는 걸 알았다. 아무도 경계하지 않았기 때문이었다. 예전에 중공군들이 야외식당으로 사용했던 뽕나무 밭 부근에 미군 장갑차가 들어와 있었다. 거기서 익풍은 남조선 괴뢰군 병사가 "꼬

마야, 여기 물 좀 떠와라"하는 말에 집으로 달려와 주전자로 물을 담아갔다. 그런데 자기에게 부탁한 병사는 보이지 않고 다른 군인들이 장갑차 부근에 있었다. 익풍이 그 병사를 찾기 위해 주전자를 들고 장갑차 모서리를 탁 돌아서는 순간, 소년은 그 자리에서 얼어붙었다. 김익풍 앞에는 온 몸이 새까맣고 눈자위와 이빨만 하얀 흑인 병사가 웃으며 "Hey, Guy, Whats' up?"하고 손을 내밀었다. 익풍은 그 자리에서 까무러쳤다.

어떤 군대든 전쟁을 벌이면 여자들을 겁탈했다. 대동리 주민들은 남조선 괴뢰군과 유엔군들이 다르기를 바랐지만 그들도 육체적으로는 똑같은 인간이었다. 그들이 주둔한 지 3일쯤 지나자 드디어 집집마다 들어와 여자들을 찾곤 했다. 익풍의 집도 예외는 아니었다.

그의 집엔 어머니 박순금과 시아버지 김수찬, 그리고 익풍과 익풍의 세 여동생이 있었다. 마을에서 비교적 큰 집이었으니 당연히 가택수색의 대상이 됐다. 동구 밖에서 익풍의 여동생 순자가 백지장이 된 얼굴로 달려오더니 군인들이 옆집 아줌마를 끌고 갔다고 했다. 이제 여기로 온다는 것이다. 어머니 박순금은 사색이 됐다.

"아버님, 우째 해야 할까요."

익풍의 할아버지 김수찬 노인은 장죽을 입에 문 채 미동도 하지 않고 담배만 뻐끔뻐끔 피웠다. 익풍과 세 여동생들이 겁에 질려 울기 직전이었다. 바로 그때였다.

"이불을 둘둘 말아라. 애미 너는 기 속에 길게 드러누워."

모두 영문을 몰라 눈만 껌뻑였다. 그러자.

"야, 이 썅. 급하디. 빨리 빨리 안 하겄어? 빨리 이불속에 숨으라 말이다. 그렇게서니, 너희들은 그 이불위에 나란히 앉아서 놀고 있으라."

비로소 모두 알아들은 듯 잽싸게 몸을 움직였다. 박순금은 길게 누운 채 이불을 붙잡고 몸을 굴렸다. 이불은 김밥처럼 사람을 감아 돌더니 벽에서 멈추었다.

"자, 너희들은 엄마 깔고 앉으라. 그리고 떠들면서 놀아야 해."

익풍이 동생들에게 가위바위보 놀이를 시켰다. 아이들은 엄마를 지켜야 한다는 일념으로 오빠의 말을 잘 따랐다. 김수찬 노인은 그대로 앉아 담배를 빨고 있었다.

"계십니까? 좀 들어가겠습니다."

카빈 총을 맨 국군이 군화를 신은 채 들어왔다. 그 뒤로 껌을 질겅질겅 씹으면서 미군 병사들이 뒤따라 들어왔다. 그들끼리 영어로 무슨 말을 계속 하고 있었다.

“여기 아주머니 어디 있소?”

대화 상대는 김수찬 노인뿐이었다. 아이들은 여전히 가위바위보를 하고 있었다. 미군 병사들은 문이란 문은 죄다 열어보는 중이었다.

“애미는 아까 나갔어. 여기 없소.”

김 노인은 손사래를 쳤다. 병사는 그 말을 못 믿겠다는 듯 직접 다락이며 미군들이 뒤진 방과 이불장까지 모두 뒤졌다. 하지만 아이들이 앉아 노는 장면 말고는 그 어디에서도 성인 여성을 찾을 수 없었다. 병사는 미군들에게 영어로 여기 없으니 다른 집으로 가자며 그들을 데리고 나갔다. 박순금의 구사일생의 순간이었다.

그 후 박순금은 가위로 머리를 잘라 남자머리로 만들었다. 치마저고리를 벗고 남편이 입던 옷을 걸쳤다. 영락없는 남자가 되어 집 밖으로 다니곤 했다.

김익풍의 집안에서 그런 위기를 모면하고 있을 때 대동리의 솜씨 좋은 목수집 부인네는 불운했다. 그녀는 적당히 피하지 못한 채 점령군들에게 신변이 노출되었다. 그리고 총부리가 겨눠진 채 텐트촌이 형성된 마을 뒷산으로 끌려갔다. 그녀가 제 집으로 돌아온 것은 그로부터 만 이틀 뒤였다.

그녀가 정확히 무슨 일을 당했는지 아는 사람은 없었지만 남편은 그녀를 데리고 다른 마을로 이사를 갔다. 그러나 그녀를 향한 소문은 무성했다. 대체로, 만 이틀 낮과 밤 동안 남조선 놈들, 백인 놈들, 깜둥이 놈들이 돌아가면서 겁탈했다는 내용이었다. 소문은 이사간 동네까지 쫓아 다녔다. 결국 전쟁이 끝날 무렵, 그녀는 목을 매고 자살해 버렸다.

"산 사람은 살아야 한다."

한편, 강원도 봉평의 가을은 석우와 강 씨 모자에게는 더 없이 절망스러운 계절이었다. 석우 어머니 강순길은 의외로 큰 동요를 보이지 않았다. 38선을 넘은 뒤로 그렇게 남편을 그리워하고 걱정하던 데 비하면 뜻밖일 정도였다. 오히려 아들 석우를 위로하고 있었다.

"석우야, 간 사람은 간 사람이고, 이제부터 네가 이 집 기둥이야. 산 사람은 살아야 해. 알았니."

그때까지 어머니를 염려했던 석우는 막상 어머니로부터 위로의 말을 듣자 비로소 쌓였던 슬픔이 북받쳐 올랐다. 밭둑에 주저앉아 석우는 봉평 들판이 떠나가도록 통곡을 했다. 그나마 위안이 된 것은 두 여동생들은 무사하다는 소식이었는데 두 계집아이들의 음성이 귀에 들리는 듯했다. 그럴 때마다 눈시울이 붉게 물들곤 했다. 그런 그가 더 이상 슬픔에 빠질 수 없음을 알았다. 떠나올 때 아버지가 부탁했던 "니 어무이를 잘 부탁한다"던 말이 이제사 실감나기 시작한 것이다. 그는 어머니를 보호하고 살아내야 했다. 저 가녀린 몸으로 자식들 넷을 키우고 남편과 하루종일 손바닥에 못이 박이도록 일해 온 어머니가 이제는 의지할 남편조차 없는 과부가 됐다고 생각하니 석우는 울음을 그치고 일어서야만 했다.

그날 경상도 군인이 간 뒤로 봉평은 두 사람이 더 이상 머물 곳이 아니었다. 바람이 차가워지기 시작했고 겨울을 나기 위해서는 일을 해야 했는데 머슴 말고는 할 게 없었다. 다음날 석우는 어머니를 모시고 봉평면을 거의 다 돌았다. 초가지붕의 크기만 보고서도 그 집 살림이 어느 정도인지 알 만 했다. 머슴을 들일만한 집만을 찾아다니며 물어보았지만 번번이 거절이었다.

"이 난리통에 머슴은 뭬이 머슴. 우리 먹고 살기도 빠듯하오."

하루 더 빈집에서 머물고 이번엔 장평으로 나갔다. 하지만 국도변을 따라 이루어진 장평이란 마을도 여기 저기 군부대가 들어차 있었고 머슴을 들일만한 집은 보이지 않았다. 그날 오후 무렵에는 작은 산과 국도를 가로지르다 진부면으로 들어섰다. 다시 거지 차림이 되어갔지만 밭에서 무나 제법 익은 옥수수가 남아 있어 배를 곯지는 않았다. 바다 같은 푸른 하늘로 단풍 든 이파리를 흔드는 감나무에는 아직도 붉은 감들이 매달려 있어 자루에 여섯 개를 따서 담았다. 문제는 추위였다. 대관령에서 찬바람이 내려오고 있었다.

백두대간을 타고 내려선 태백 준령들은 한랭전선이 만들어내는 북서풍을 동해안으로 빠져나가지 못하게 가로막아 동쪽인 속초만 해도 따뜻한 겨울이 다반사이지만 영서지방의 기온은 날이 갈수록 곤두박질치고 있었다. 석우는 봉평에 머물면서 비로소 홍천보다 속초가 왜 따뜻한 겨울을 갖는지 이해했다. 언제나 그렇지만 따뜻한 기운은 땅 밑에서 위로 올라가고 찬 기운은 하늘에서 땅으로 내려온다. 그 기운을 따라 봄과 여름은 산 아래서부터 푸른 싹이 올라오고 가을과 겨울은 높은 정상에서부터 단풍과 눈이 내려왔다. 봉평과 진부 주변의 높은 산들은 꼭대기서부터 화려한 단풍이 아래로 번지고 있었다. 이렇게 되면 더 이상 노숙이 어려워진다. 여름 옷 두 벌로 버틸 시간은 많지 않았다. 어디서든 식량과 잠자리를 구해야 했다.

석우는 오늘 하룻밤이라도 어디서 묵을만한 집을 찾아야 했다. 작은 언덕 같은 산을 향해 구불거리는 길이 놓여있는데 그 길을 따라 작은 초가집들이 두 채 세 채씩 나오곤 했다. 계속 가면 작은 마을이라도 나올 듯했다. 두 사람은 피곤한 발걸음을 재촉했다. 고갯마루를 넘어서자 산 아래로 집들이 옹기종기 모여 있는데 그 중 제일 뒤편으로 보이는 집이 그 동네에서 가장 큰 초가집이었다. 흙담 안으로 지붕만 네 개가 보였다. 두 개의 큰 지붕 옆으로 작은 지붕의 초가가 두 채나 있었다. 그 중 하나가 소를 키우는 우사라고 해도 나머지 두 동은 방이 여럿일 것 같았다. 석우는 오늘의 마지막 희망을 걸어보기로 했다.

도사리 훈장 주병선

평창군 진부면 도사리에서 한때 훈장을 했던 쉰일곱의 주병선은 열네 살 어린 아내 장덕화와 함께 마당에 널어 말리던 대추와 고추를 걷어 소쿠리에 담고 있었다. 농사일로 폭 늙어버린 주병선은 이미 마을에서 영감 소리를 듣고 있었다. 그는 첫 번째 결혼 후 아들을 낳았으나 사고로 아내와 아이를 한꺼번에 잃었다. 몇 년 후 주병선은 나이가 한참 어린 장덕화와 재혼해 딸만 여섯을 낳았다. 아들이 없어 대를 잇지 못하게 됐다는 자격지심은 있으나 그래도 이 마을에서는 서당을 제대로 나온 유일한 지식인이란 긍지를 갖고 있었다. 대를 이어 살아온 고향이지만 그는 늘상 저 국도변을 따라 외지로 나가고 싶어 했다. 하지만 유일한 생계밑천인 물려받은 논밭을 팔아서까지 외지로 나갈 수는 없었다. 그에게 희망은 언제나 희망일 뿐이었다. 벌써 딸만 여섯을 낳아버린 젊은 아내를 이제 와서 원망해 본들 그 역시 별무소용이란 걸 잘 알았다. 아들을 낳아 대를 잇지도 못하고, 그렇다고 농사일 마다하고 딸들에게 천자문을 읽혀 벼슬을 하게 만들 수도 없었다. 이러지도 저러지도 못하는 가운데 어느덧 세월이 흘러 내일 모레 환갑을 바라보는 나이로 늙어버린 것이다. 그래도 젊고 어진 아내가 꼼꼼하게 살림을 살아주고 아이들을 잘 보듬어 키워주어 고마울 따름이었다.

가끔 주역을 보고 점을 치고는 했던 주병선은 간지로 경인(庚寅)년 임오(壬吾)월 신묘(辛卯)일이던 1950년 6월 25일의 괘가 그렇게 나쁠 수 없었는데 정말로 전쟁이 터진 것이었다. 그 얼마 뒤 세 명의 머슴들이 제각기 신바람 난 듯 인민군들을 따라 나가고 말았다. 어지간했더라면 지금쯤 햇볕을 쬐이며 양지바른 곳에 자리하고 책이나 읽을 때였는데 올해는 그마저 불가능해져서 젊은 아내의 일을 도와주어야 했다. 변화가 극심한 때이니 조심해야 하는데, 또 무슨 변화가 닥칠 것인가. 소쿠리에 붉은 대추를 쓸어 담던 주병선은 말라 주름진 대추마냥 자신의 살림살이도 점점 쪼그라들고 있음을 알아차렸다. 산 그림자가 마당 전체를 뒤덮을 즈음 문 쪽의 인기척에 고개를 들었다. 두 거지가 집으로 들어서고 있었다.

"뉘시우?"

젊은 사내는 행색은 초라하나 보통 키에 근육질을 가져 날렵해 보였다. 그 옆에 지팡이를 짚은 채 배낭 맨 허리춤으로 주먹질을 콩콩 하는 여인은 나이가 사내보다 두 배는 더 됨직

해 보였다. 그러고 보니 모자지간 같았다. 시골 아낙치고 연약해 보이는 여인의 얼굴엔 슬픔이 가득해 주병선도 장덕화도 연민이 느껴질 정도였다. 젊은이가 허리를 굽히며 인사를 했다. 옆에선 여인도 덩달아 굽신 절을 했다.

"혹시 영감님. 머슴질 좀 할 수나 있나 해서요."

주병선 부부는 서로를 보았다. 아주 짧은 순간 두 사람의 눈빛이 마주쳤다. 그리고 다시 두 사람은 모자를 찬찬히 훑어보았다. 그러자 석우가 한발 나서며 옆에 섰던 어머니를 소개했다.

"아, 여기는 제 오마니에요."

"예, 제가 이 아이 애미 되고요, 저도 그렇고 우리 아들도 일 참 잘 합니다."

석우 어머니 강 씨가 다시 인사를 했다. 그러자 주병선의 아내 장 씨가 말을 받았다.

"아이고, 이 전쟁 통에 고생이 많지요?"

"예, 그렇지요 뭐…"

대답하는 강 씨와 아들 석우를 번갈아 보고 있던 주병선이 고개를 끄덕이다 말을 했다.

"무슨 사연인지는 모르지만 인생은 다 저마다 사연이 있는 법이지. 일단 저녁 때도 됐고 허니 여 들어와 요기나 합세. 대하야, 주하야! 밥상 차려라."

강원도 사람들

인간의 성품은 자연환경에 많은 영향을 받는다.

강원도의 자연환경은 동쪽으로는 시원하게 수평선까지 열린 동해바다를 간직하고 있지만 서쪽으로는 척박한 토질과 험준한 산악지대가 버티고 있다.

강원도 사람들은 표면적으로는 동해바다처럼 직선적이고 솔직담백한 성품을 보이지만 내면적으로는 첩첩산중에 자리한 암자처럼 속을 잘 드러내지 않는 특징이 있다. 그래서 강원도 사람들의 대인관계는 동해바다처럼 솔직담백해서 외지인들로부터 '순박하다'는 평을 듣지만, 막상 자신의 감정을 표현할 경우엔 산간계곡처럼 꼭꼭 숨겨져서 그들 스스로도 속마음을 타인에게 쉽게 표현하지 못한다. 그래서 기쁨과 슬픔, 감사와 분노의 표현미숙으로 인해 외지인들로부터 대체로 '무뚝뚝하다'는 평도 듣는다.

이들이 발을 딛고 사는 내륙은 대개 산간협곡의 경사지(傾斜地)를 개간해야 겨우 생존이 가능한 농경의 불편함을 제공했다. 이 바람에 빈부격차로 인한 사회적 갈등이 적어 '욕심 없는 인심의 고장'으로 자리매김하게 되었다. 또한 금강산을 포함한 태백산맥의 험준한 지형은 외부정보의 차단막 구실을 함으로써 '정치적 보수성'을 간직하게 했다.

'정치적 보수성'은 자기표현의 절제나 능력부족에서도 기인하는데 외지인들은 이처럼 자기표현 능력이 부족한 강원도 사람들의 성품을 두고 '돌부처'나 '바위'를 연상하는 것이다.

특히 '바위' 앞에 '감자'를 붙여 '감자바위'라고도 불러지는 데에는 강원도의 주산물이 감자라는 점도 있지만, 감자 자체의 속성과 강원도 사람들의 내면이 많이 닮았기 때문이다. 감자는 굶주림을 면케 해주는 구황식물로서 인간의 생존에 더 없이 고마운 존재이면서도 그 모양은 완벽에 가까운 원형도 아니고 그렇다고 가시나 뿔처럼 독특한 형상이나 눈길 붙잡는 색(色)도 없이 흙밭 속의 돌멩이처럼 무척 소박한 자태를 지닌다. 그저 무난한 듯, 어딘가 부족한 듯, 울퉁불퉁하면서도 모나지 않은데다 그 육질(肉質)조차 알차면서도 딱딱하지 않는 점이 조선시대의 '달항아리'나 흑백의 경계를 두루뭉실 넘어가는 '수묵화(水墨畵)' 또는 '벽공(碧空)의 만월(滿月)' 같다는 점이 강원도 사람들의 성격적 특질과 빼닮았다.

더구나 강원도 해안가의 자연환경은 푸른 바다와 곡절 많은 해송(海松)들이 언제나 장엄한 일출과 어우러지고 있어 사람들로 하여금 속되지 아니하고 불변의 가치를 추구하는 종교적 성품을 갖게 했다. 강릉이 예향(藝鄕)의 고향으로 발전하게 된 근저에는 이처럼 자연환경이 지역민들의 인품형성에 영향을 끼친 바가 크다.

그들의 종교적 심성도 이러한 환경에 영향 받아 자연과 우주의 심연에 깊숙이 천착함으로서 때 묻지 않은 원시종교인 무교(巫敎)나 전통불교와 친숙하다. 지금도 강원도 전역에 성황당이 1,000여 곳 넘게 산재해 있음이 이를 입증한다.

강원도에서 살아온 사람들 대부분이 그렇지만 주병선 부부도 마음이 따뜻한 사람들이었다. 모자의 고생담을 듣다가 혀를 차기도 했고 남편 이원기의 사망 소식에 같이 눈물을 흘려주었다. 이석우와 강 씨 모자는 그날로 주 영감네 머슴으로 들어와 살게 됐다. 이들에게 주 영감은 사립문 옆 비어있던 초가 한 채를 내 주었다. 예전 머슴들이 살던 건물로 작은 부엌까지 달려 있어 석우와 강 씨에게는 안성마춤이었다.

상실통(喪失桶)

그날 밤, 저녁상을 물리고 탁주 한 병과 짠지를 안주로 한 술상을 놓고 이들 모자는 주 씨 부부에게 그간의 이야기를 소상하게 털어 놓았다. 조분조분 말하는 강 씨 곁에서 아들 석우는 기억이 모자란 부분을 보충해주었다. 홍천 아미산에서 속초로 옮겨 간 이야기며, 속초에서 공산당이 생겨나고 외아들을 구하기 위해 38선을 넘은 이야기며, 홍정계곡의 동굴생활과 봉평의 학살사건을 본 이야기에 덧붙여 굶지 않기 위해 나물과 칡뿌리로 연명하다 빈집으로 들어가고, 국군이 밀고 올라간 지 얼마 안 돼 남편의 사망소식을 접한 뒤 객지에서 아들과 살아내야 했던 이야기까지 가슴 졸이는 모자의 생존기는 계속됐다. 이야기 도중에 주병선의 탄식과 부인 장덕화의 훌쩍임이 급기야 강순길의 슬픔을 건드려 방안이 잠시 동안 울음바다가 되기도 했다.

네 사람간의 진한 공감대가 만들어낸 이날 밤 만찬의 마무리는 주병선의 이야기로 종결되었다.

"사는 것은 원래 힘든 것이외다. 너무 슬퍼하지 마소. 옹달샘에서 흘러나온 개울물이 똑 바로 흘러가는 법은 없지만 끊어지지 않는 다음에야 언젠가는 바다로 가지 않소. 곡절 없으면 인생이 아니지. 힘을 내시고. 마침 우리 집에 머슴들이 죄다 빨갱이가 되어 도망치고, 난 아직 가을걷이도 다 못했는데 잘 됐소. 나도 이 사람도 피치 못해 서로 재혼해서 이리 살아가고 있소이다. 이 사람이 고생이 심한데 내 나이 낼모레가 환갑이니 힘을 젊을 때만큼 쓸 수가 없수다. 석우 자네가 우리 일 좀 도와주게나. 아주머니도 내 처자와 딸들이 하는 일을 도와주면 좋겠소이다."

석우와 강 씨는 비로소 주병선의 머슴으로 자리를 잡게 되었다. 대관령에서 휘돌아내려 부는 차가운 밤바람이 뜨락의 낙엽을 쓸어가고 있을 때 모자는 주병선의 큰 딸 대하가 안내하는 머슴방으로 남포불을 들고 들어갔다. 담뱃진이 배겨 눅눅한 방이지만 무척 컸다.

"여기 주무시믄 될거래요. 우리 머슴들이 많을 때는 여서 일곱 명도 잤드래요."

"아이고, 그래 고맙다. 꼭 우리 딸 영선이 같네. 나이도 열여섯이라고 했네?"

"그렇지요 뭐… 이불이랑 요 같은 거는요, 저 실랑(선반)쪽에 개켜져 있으니께 푹 주무셔요."

"그래, 그래. 아이고 이쁘게도 생겼네… 우리 며느리 삼았으면 좋겠다."

장성한 아들을 둔 모든 어머니들의 공통된 염원처럼 석우 어머니 강 씨도 본능적으로 주 씨의 큰딸과 자신의 장남을 대입시키고 있었다. 대하는 쑥스러워하며 방바닥에 깔린 돗자리의 밀집 부스러기를 주웠다.

"아이, 엄니. 거 쓸데없는 소릴랑 마시고 어여 주무셔."

겸연쩍어진 석우가 말했다. 미소를 감추고 대하는 남포불 심지에 밀집을 꽂아 불을 붙인 뒤 등잔으로 불을 옮겨주고는 남포불을 들고 자기 방으로 돌아갔다. 오랜만에 집다운 집에서 석우와 강 씨는 몸을 뉘었다. 아직 방에 불을 때지는 않았지만 예전 머슴들이 쓰던 이불을 덮고 잘 수 있어서 걱정이 없었다. 석우나 어머니 강 씨나 일부러 아픈 이야기는 꺼내지 않았다. 가끔씩 땅이 꺼질듯 터져 나오는 한숨은 어찌할 도리가 없었지만 아들은 어머니를 이해할 수 있었고 그 어머니도 아들의 심정을 십분 이해하기 때문이었을 것이다. 석우가 등잔불을 훅 불어 끄고 자리에 눕자 강 씨는 긴 한 숨을 내쉰 뒤 석우를 안아보려 팔을 둘렀다. 석우가 어머니를 향해 돌아누워 그녀가 잘 안을 수 있게 했다. 석우는 다 자랐지만 작은 체구의 강 씨에게는 여전히 몸집만 큰 아기였다. 그녀는 석우의 목을 감싸 안고 다른 한 팔로 등을 토닥거려주었다.

갑자기 세상 떠난 남편 얼굴이 몰아쳤다. 늘 하던 말투가 들리는 듯했다. 그럴수록 마음은 끝없는 나락으로 떨어지는 듯 텅 비어버리는 것 같았다. 이제 살아서는 두 번 다시 볼 수 없는 얼굴이 되어 그리움으로 가슴에 맺힐 것이다. 상실감(喪失感)은 세월이 아니고서는 치유될 수 없는 상실통(喪失痛)이었다. 아주 오랫동안 사무치는 고통을 수반하는 병이자 누구나 본능적으로 피하고 싶어 하는 병이기도 했다. 허나 그것은 사람 마음대로는 절대 되지 않는다. 누구에게 하소연해도 죽은 자를 살릴 수 없으니 참으로 무서운 고통이었다. 그런 생각이 들자 석우의 목을 두른 팔에 더욱 힘이 들어갔다.

"어이구··· 석우야···"

다른 한 팔로는 석우의 등을 토닥거려 주었다. 그녀는 남편이 그리울 때마다 다른 모습으로 살아서 이 숲속이나 저 산속 어딘가에 있겠거니, 그리울 때면 그 쪽을 보며 살아야겠다는 생각을 했다. 그래도 허전함은 어찌할 수가 없어 석우를 다시 힘주어 안았다. 남편을 잃은 여자들이 아들을 끔찍하게 여기는 이유를 정말 알 것 같았다. 그녀는 또 다시 석우의 등을 토닥거려주었다. 어머니로서 아들에 대한 고마움과 칭찬 그리고 격려의 표시였다. 스무살의 석우도 오랜만에 “아이고, 엄마”라고 부르며 안겼다. 마른 홍시 감마냥 찌그러진 젖가슴이 석우의 가슴에서 뭉그러졌다. 다 자란 아들은 코를 훌쩍이기 시작하는데 그의 등도 들썩 거렸다. 말없이 흐르는 눈물은 어머니 강 씨도 마찬가지였다.

“어이구 우리 석우… 고생 많았지. 우리 여서 좀 더 살아가 보자.”

“엄니, 걱정 마셔요. 어찌 안 되갔어요?”

“그래 어찌 되갔지… 참… 산 입에 거미줄은 안친다더니 이렇게 또 살아가게 되네… 다 산신령님 덕분이다… 느이 아부지가 하늘에서 보살펴 주시는 걸 거야.”

머슴살이

어머니 강 씨는 주 영감네 부인 장덕화와 그 딸들이 해 오던 빨래와 찬모 역할을 함께 했다. 장덕화는 동정심이 많은 여인이라 두 모자에게 불편이 없도록 애를 써 주었다. 그럴수록 석우와 어머니 강 씨도 고마워할 줄을 알았다.

날이 좋으면 마당에 콩과 팥, 수수들을 널어 말렸다. 이석우는 놀랄 만큼 손 빠르게 일을 해치웠다. 벼 베기면 벼 베기, 타작이면 타작, 장작이면 장작 등 힘쓰는 일이라면 못하는 게 없었다. 이들은 상실감으로 무너지는 슬픔의 고통을 잊기 위해서라는 듯 비정상적일 정도로 부지런했다. 그럴수록 주병선 부부는 흐뭇했다. 그야말로 굴러들어온 복이나 다름없었다. 가을걷이가 막 시작하던 무렵인데 머슴들이 다 도망쳐 주병선은 감당할 수 없는 일감에 거의 포기 직전이었다. 그런데 이들 모자가 불쑥 찾아 들어온 것이 신기하기만 했다. 동네 사람들에게 주역으로 점을 봐 주곤 했는데 이번에도 점괘를 뽑아 본 것이 그대로 들어맞은 것이다.

며칠이 지나지도 않았지만 주 영감네로 복덩이가 굴러 들어왔다는 소문이 도사리 전역에 퍼졌다. 이들 모자의 역경에 얽힌 이야기도 같이 퍼지는 바람에 누구 하나 이 불행한 모자에 관해 싫은 소리를 하지 않았다. 이석우 어머니 강 씨는 주 영감네 딸들을 볼 때마다 북쪽에 살아있을 두고 온 두 딸들이 눈에 아른거렸다. 그런 이유로 주 영감네 여섯 딸들에게 극진할 수밖에 없었다. 주 영감의 부인 장 씨도 아이를 잃기도 한 세파의 매서움을 잘 알았기에 자신의 집으로 들어와 아이들에게 잘 대해주려는 석우 어머니 강 씨의 마음을 이해해 주었다. 주 영감네 여섯 딸들 모두가 석우를 '오빠'라 부르며 잘 따랐다. 막내 선하는 이제 여섯 살이었다. 석우는 대부분 막내 선하를 등에 업고 다녔다. 농구(農具)를 써야 할 때면 한쪽에 내려놓고 말동무를 삼아가며 일했다. 그 편이 덜 우울해진다는 것을 안 것이다.

가을걷이가 한창일 무렵부터 도사리 부근에 군인들이 드나들기 시작했다. 병사들은 대부분 이석우와 비슷한 나이거나 좀 더 어렸다. 이석우는 가능한 그들과 마주치지 않으려 했다. 주 노인의 딸들도 눈치가 빨랐다. 그들로서는 모처럼 생긴 오빠를 전쟁으로 잃고 싶지 않았다. 아이들은 밭일을 하거나 마을 입구서 놀다가도 군인이나 낯선 사람이 멀찌감치 보이기만 하면 쪼르르 달려와 석우에게 알려주었다. 그때마다 이석우는 어머니를 부탁하고 뒷산으로 숨어들었다.

한번은 뒷산으로 숨을 겸 해서 올라갔다가 길이 산을 넘어간다는 것을 알게 됐다. 일거리도 별 없던 때라 내친김에 이 길이 어디로 이어지는지 가 보기로 했다. 멀리 북쪽으로 보이는 가장 높은 산으로 방향이 나 있었다. 하지만 그 산까지는 몇 개의 작은 산들을 넘어야 할 것이었다. 그가 걸어 오르기 시작한 길은 어느새 제법 높은 곳까지 이어졌다. 내려다 보니 나뭇잎들 태반이 낙엽으로 떨어진 산은 숱 없는 노인네 머리 같아서 저 아래로 도사리 일대가 훤했다. 그 길은 아슬아슬한 벼랑을 서 너 번 감고 돌면서부터 내리막이 됐다. 한 번 내리막이 시작되더니 계속 아래로 향했다. 그리고 결국 벼 뿌리만 남은 논바닥으로 내려섰다. 산 하나를 넘어버린 것이다.

노동리

논에서 나락을 줍던 농부가 인기척을 느끼고 허리를 폈다. 이석우와 눈이 마주쳤다. 산골 사람들은 대개 초면인 경우 관계설정을 통성명으로 하는데 이때 상대의 이름보다 성씨에 관심을 둔다. 같은 성씨라면 첫 번째 마음의 문이 재빨리 열린다. 그 다음엔 어디 성씨냐를 물어 같은 본(本)이라면 두 번째 마음의 문도 열어버린다. 세 번째 마음의 문은 파(派)에서 결정된다. “무슨 파냐”는 질문에 우연히 같은 파로 드러나면 그 때부터 두 사람은 가족으로 인정하며 촌수를 따지고 드는 것이다. 그러나 어느 단계서든 어긋나게 마련이다. 그럴 때마다 텃세를 누리는 쪽에서 기억의 회로를 더듬어 상대와 같은 성씨를 가진 종씨가 어디에 살고 있는지를 가르쳐 주는 친절을 베푼다. 특히 강원도 산간지방의 화전민들은 이런 식으로 인적 네트워크를 형성해 왔다. 그날 이석우도 전통적인 가족 찾기 프로그램을 이용하게 된다. 나락 줍던 농부는 이석우가 영해 이 씨라는 걸 알아내고는 노동리 계곡에 영해 이 씨 몇 명이 살고 있다고 가르쳐 주었다.

진부면 도사리에서 노동리로 이동하려면 산을 둘러싸고 빙 도는 도로를 따라 속사리를 거쳐 40리 길을 걸어야 하거나 길은 험하지만 주 노인네 뒷산을 타고 한 번에 넘어 오는 방법이 있었다. 이석우는 그 뒷산을 넘어 노동리와 속사리의 경계 부근으로 들어온 것이다. 수림 울창한 오대산국립공원 지대의 동남편에 자리한 남한에서 5번째로 높다는 계방산은 홍천군과 평창군을 연결하는 운두령을 허리춤에 걸고 있다. 노동리는 영동국도에서 속사리로 진입해 운두령으로 가는 약 15여 킬로미터의 길 중간쯤에서 우측으로 빠져 계방산 쪽으로 들어서야 한다. 경사가 완만한 2킬로미터 정도의 오솔길을 따라가면 둥개둥개 초가지붕들이 나타나는데 반경 10여 킬로미터

안에 약 20여 호가 채 안됐다.

아버지를 잃은 이석우는 친척이 있을지도 모른다는 희망으로 그날 노동리로 들어가 사람들을 만났다. 홍천 아미산 자락에서 화전을 일구던 시절이 떠오른 것이다. 길을 따라 오르자 그 산골에서도 드물게 초가집들이 일곱 채가 모여 있고 작은 주막도 있었다. 석우는 이 주막에 들어가 비로소 영해 이 씨 감찰봉파 28세손이라며 자신을 소개하는 이석년이라는 남자와 만났다. 족보를 따져보면 이석년이 이석우의 사촌 형님뻘이 됐다. 다행히 이석년은 이석우를 핏줄이라는 생각에 친동생처럼 대했고 자신의 집으로 석우를 데려가 갓 결혼했던 아내 최순옥을 소개해 주었다. 그의 집은 방이다섯 칸이나 되는 노동리에서 제일 큰 초가집이었다. 이석년은 "사람들이 이 집을 반달처럼 생겨먹었다고 '반달형국집'이라 부른다"며 자랑했다. 오후에 이석년은 석우를 데리고 나가 화전을 일구며 살 만한 집터까지 소개해 준 것이다.

"동상, 여는 아직 일궈먹을 땅이 많으니께 살림차려 살믄 괘안을 거래."

아버지를 잃은 석우가 친형 같은 사람을 얻었게 된 것이다. 그때부터 이석우는 농한기가 시작되는 겨울이 오면 주인집에서 어머니를 모시고 나와 노동리로 들어와 살았다. 이석우는 노동리 화전부락 주민들과 함께 방 두 칸에 부엌 하나 붙은 귀틀집을 지어 올리고 매년 봄이 되면 다시 주병선의 집으로 들어가 늦가을까지 일을 했다. 번거롭기는 하지만 어머니를 모셔야 하니 군대로 끌려가는 일만은 피할수 있었다.

5장

1.4 후퇴

김일성 체제는 그때까지만 해도
잔혹한 본색을 드러내지 않았고
체제 안정화를 위해 선심정책을 펴던 시기였다.
그럼에도 불구하고 흥남부두에
그토록 많은 피난민들이 몰린 이유는
북한 체제의 학정을 피해서라기보다
원폭(原爆)의 공포 때문이었다.

중공군과 원폭 소문

평안북도 선천군은 겨울이 오고 있었지만 군민 전체가 처음으로 아사 직전에 몰렸다. 사람들은 산으로 기어올라 소나무 속껍질을 긁어 오곤 했다. 얼마 안 되는 옥수수와 밀가루를 섞고 푹 삶으면 허기는 면할 정도의 분량은 되어 주었다. 이듬해 봄부터는 길에 피는 길짱구(질경이)를 따다 삶아 먹기 시작했다. 그것만으로 부족할 때면 예의 소나무 껍질이 그럭저럭 목을 넘길 수 있게 했다. 문제는 소나무 껍질의 성분으로 인해 변이 토끼똥처럼 딱딱하게 굳어진다는 점이었다. 이 때문에 길가에서 어머니가 아이의 항문을 나무젓가락 같은 물건으로 파내주는 광경이 종종 목격되곤 했다.

중공군은 1950년 10월 19일부터 은밀하게 압록강을 넘어 내려오고 있었다. 하지만 선천지역까지 그런 소식이 들려올 리 만무했다. 선천을 통과해 북으로 진격하던 국군과 유엔군은 그들의 전진에 맞서 저항하는 세력이 궤멸직전의 인민군으로 착각한 채 머지않아 종전이 될 것으로 믿고 있었다. 사실은 그들과 싸운 대다수 병력들은 인민군에 뒤섞인 조선족 출신의 중공군들이었다.

중공군들이 별개의 부대로 재편해 본색을 드러낸 때는 10월 25일로, 선천에서 동북방향으로 약 100킬로미터 정도 떨어진 온정리와 운산에서였다. 이때부터 국군과 유엔군은 거꾸로 밀리기 시작한다.

선천군으로 중공군들이 본격적으로 들어오기 시작한 때는 1950년 12월초부터였다. 유엔군의 정찰에서 발각되지 않은 것은 그만큼 은밀하게 도보 침투를 했다는 점 이외에 인근 마을 주민들의 보호가 있었기 때문이었다.

대동리를 남조선의 국군이 점령했을 때에는 그동안 참고 지냈던 몇몇 주민들이 튀어나와 솔선해서 우익 치안대를 조직했었다. 이들은 남조선 군대의 무력을 믿고 악질적인 공산주의자들을 색출해 보복 처형하는 데 앞장섰다. 잠시 그들의 세상이 온 것이었다. 하지만 불과 두 달도 안 돼 세상이 다시 바뀌었다. 이제 우익 치안대들은 맞아 죽고싶지 않다면 피난길에 올라야 했다. 그해 겨울, 눈이 몹시 퍼붓는 어느 날 선천읍 치안대원들은 밤새 등사한 유인물을 마을 곳곳에 뿌리고 국군과 함께 철수하기 시작했다. 그들이 뿌린 유인물에는 "우리가 철수하고 나면 이곳은 원자폭탄이 떨어질 것이다!"란 제목의 글이 있었다. 그때부터 남은 사람들은 원폭의 공포에 시달리게 됐다.

사람들은 불과 5년 전 일본을 항복시킨 원폭의 가공할 위력을 너무나도 잘 알았다. 개 중에는 학도병이나 노동자로 일본에서 해방을 맞아 귀국한 사람들이 제법 있었다. 특히 그들 가운데는 직접 눈으로 원폭 현장의 참상을 목격한 사람도 있었으니 그들이 맞닥뜨린 공포는 실로 대단한 것이었다.

국군과 유엔군이 점령했던 지역이 다시 인민군에게 해방되던 순간, 북한의 모든 점령지에는 이와 같은 내용의 삐라나 유인물이 퍼져 있었고, 현지에 잔류하려던 사람들은 원폭 투하를 앞두고 선택의 기로에 서게 됐다. 그 자리에서 머무르다 히로시마나 나가사키의 일본인처럼 처참하게 타죽을 것인가.

아니면 철수하는 대열 속에 파묻혀 원폭으로부터 안전한 남쪽으로 내려갈 것인가. 그 어느 쪽도 100퍼센트 안전하다는 보장은 없었다. 확률은 50대 50.

선천군 대동리에서도 이런 고민은 많았다. 고민 끝에 사람들은 분산투자를 선택했다. 가족 중 일부는 남아서 집과 농토를 지키고 일부는 월남자가 되는 것이었다. 주로 여자와 노인들이 남기로 했고 대를 이을 아들과 아버지가 월남자의 대열에 속했다. 이런 방식으로 1950년 12월 중순엔 북한 전역에서 월남자들이 대거 발생했다. 특히 김일성 체제는 그때까지만 해도 잔혹한 본색을 드러내지 않았고 체제 안정화를 위해 선심 정책을 펴던 시기였다. 그럼에도 불구하고 흥남부두에 그토록 많은 피난민들이 몰린 이유는 북한 체제의 학정을 피해서라기보다 원폭의 공포 때문이었다.

그 직후부터 중공군들이 노골적으로 나타나 전투를 개시하며 곳곳에서 북진해 오던 국군과 유엔군을 밀어내기 시작했다. 그 틈에 김익풍의 아버지 김상호가 집으로 무사귀환할 수 있었다. 선천읍 대동리 이장 김상호의 집안은 그로서 다시 안정을 찾는다.

전쟁 속의 화전민

비슷한 시기, 이석우는 어머니 강 씨를 모시고 평창군 노동리로 넘어와서 첫 겨울을 맞고 있었다. 동짓달 초하루(양력 1951년 1월 8일) 밤중에 난데없이 군인들이 들이닥쳤다.

"뉘시우?"

"저희… 국군입니다. 먹을 것 좀 주시오."

엄동설한인데 허옇게 눈을 뒤집어쓴 군인들이 비참한 몰골이 되어 먹을 걸 찾고 있었다. 석우와 어머니는 옥수수와 감자를 삶아주면서 이야기를 들었다. 중공군이 쳐들어와 어쩔 수 없이 홍남에서 산을 타고 여기까지 도망치는 중이라고 했다. 한 병사는 동상으로 왼손이 퉁 퉁 부어 있었다. 석우 어머니 강 씨는 부엌에서 무 삶은 물을 수통에 담아주었다.

"동상난 데 이거이 바르면 괜찮아요. 어여 받아요."

보답할 게 없었던 그들은 "어쩌면 이곳도 위험하니 피하는 게 좋을 것"이라며 고맙다는 인사를 남기고 눈 덮인 남쪽으로 자취를 감추었다. 캉캉 얼어붙은 밤하늘에서는 고공비행하는 정찰기가 붉은 전등을 깜빡이며 웅웅거리다 사라졌다. 그리고 뒤이어 밤하늘을 가르며 시뻘겋게 달궈진 포탄들이 휘파람 소리를 내며 남북으로 날아다녔다. 다행히 노동리 화전민촌의 하늘 위로만 포탄과 총알들이 오르내렸다. 야밤에 계방산 능선에 올라 북녘을 보면 펄럭이는 주황색 공단치마처럼 산불이 춤을 추는데 그 앞으로 보이는 나무들의 검은 실루엣은 명(命) 짧은 손금 같았다.

그로부터 얼마 지나지 않은 한 밤중에 이번에는 중공군들이 들이닥쳤다. 우리말을 하는 조선족이 통역을 했으나 그들도 화전민촌에서 건질 게 특별한 것이 없었는지 부엌을 뒤져 먹을 것들을 챙기고는 이내 떠났다. 통역하던 조선족이 석우에게 나이를 묻기에 석우는 마흔 두 살이라고 했다. 스물 두 살이었지만 밭일로 검게 그을리고 주름진 피부가 한밤중에는 그보다 더 먹었으면 먹었지 젊게 보이질 않아 모두 그런가 보다 하고 떠나버렸다.

강원도 화전민들에게 전쟁은 자신들의 생존을 위협할 수도 있고, 아닐 수도 있는 산중의 호랑이 같았다. 전쟁으로 인해 국가나 국민의 삶이 전복될 수 있다고는 생각할 수준도 못됐지만 그런 생각을 해본들 딱히 갈대숲에 불을 질러 씨 뿌리고 나물 캐서 먹고 사는 이들에게는 구름 잡는 이야기나 다름없었다. 그들에게 중요한 것은 어느 쪽의 군대가 좀 더 자신들을 덜 압박하나였다. 자신들에게 좋으면 좋은 군대였고 아니면 나쁜 군대였다. 좋은 나라인지 나쁜 나라인지의 기준도 바르지 않았다. 역사나 이념에 무심한 화전민들 입장에서 전쟁 중인 군대는 어느 쪽 호랑이가 자기들에게 덜 사나운가 하는 문제였다. 그 당시 이 문제의 해답은 남쪽의 국군이 그나마 덜 사납다는 것으로 귀결되곤 했는데, 또 다른 문제는 그 덜 사나운 군대가 과연 평화를 보장할 수 있는지의 문제였다. 덜 사나운 호랑이가 사나운 호랑이를 이겨야만 화전민들에게 평화가 돌아올 터인데 이제 중국 호랑이까지 사나운 호랑이와 같이 뭉쳐 덤빈다면 난감해지는 것이다.

이석우가 노동리와 도사리를 오가던 2년 10개월 동안은 중공군에 의해 밀려난 국군과 미군들이 다시 반격하여 38선 이북 위로 치고 올라가더니 강원도 고성 부근에서 밀고 밀리는 고지전을 계속하던 기간이었다. 동시에 후방은 전후 복구사업이 진행됐고 가끔 장평이나 봉평 장날에 나가보면 파괴된 도로와 불타버린 면사무소 복구공사가 진행되고 있었다. 강원도 안에서 전쟁과 평화가 공존하고 있던 때였다.

6장

호사다마(好事多魔)

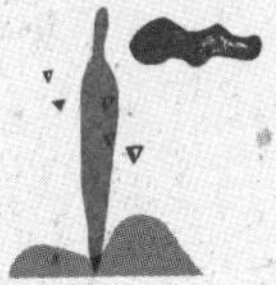

반 반의 확률이란 인간의 몫이 아니라
하늘의 몫이었다.
예측불허인 셈이었고
운(運)에 맡겨야 한다는 의미였다.
이들이 의지할 곳은 병원이나 의사가 아니라
성황당의 산신령이었다.

주병선의 고민

1953년. 노동리에서 세 번째 봄을 맞았을 때.

아지랑이가 피어오르던 어느 날 해가 중천에 왔을 무렵 주인집 맏딸 대하가 먼 길을 찾아 왔다. 이석우보다 조금 큰 키에 말씨는 조용조용했지만 다섯 동생들을 키우며 자라서인지 억센 인내심을 보이는 전형적인 강원도 처녀였다. 인기척에 방문을 열어젖히자 나른한 봄볕에 선 대하의 자태가 석우의 가슴을 방망이질하게 했다.

"어?! 대하 아니가?"

"울 아부지가 파종한다믄서 오빠랑 아주머니 모시구 오시래요."

"아니, 그 먼데서 예까지 어케서니 혼자서루…"

두 사람의 눈빛이 따스했다. 석우의 반가움이 묻어나는 말소리를 방안의 어머니 강 씨가 듣고 밖으로 몸을 내밀었다. 어머니 강 씨가 부러 틈을 주었다.

"석우야, 너네 둘이 먼저 가거라. 난 예서 하던 거 다 하고 며칠 뒤에 가야겠다."

대하는 그 말을 못들은 척 고개를 돌려 철쭉이 흐드러진 산으로 눈길을 던졌는데 귓불이 발그레 달아올랐다.

1953년 여름까지 이석우가 어머니 강 씨와 함께 삼 년간 도사리 주 영감 집을 오가는 동안 주병선은 많은 생각을 했다. 그 전쟁이 몇 번의 큰 고빗사위를 넘긴 이후로 후방 내륙에서는 전후복구가 한창이었는데 도사리 같은 깡촌 사람들은 그런 조류와 무관하게 그저 대대로 전수된 방식대로 화전을 일구며 살고 있었다. 주 영감이 보기에 세상은 점점 변해가고 있었다. 생각 같아서는 식구들을 데리고 하다못해 장평이나 봉평면 소재지 정도라도 나가 살아야 했다. 하지만 자신의 기력이 그런 변화를 감당하기에는 무리인 걸 잘 알고 있었다. 첫 아내와 자식을 사고로 잃고 늦게사 열 네 살이나 어린 장덕화를 아내로 맞아 여덟이나 자식을 보긴 했지만 그토록 원하던 아들은 건지지 못하고 딸 여섯만 살아남았다. 한때 마을 아이들에게 천자문을 가르쳤던 주 영감은 성리학적 사고에 젖어서인지 학문의 중요성을 강조하면서도 여자는 배워봐야 쓸모가 없다는 생각을 갖고 있었다. 자고로 계집아이를 낳으면 사람들이 위로해준답시고 '흉년 한해 때운 셈 치라'고 하지 않던가. 흉년이 들어 먹을 게 없을 때는 계집아이를 팔아 식량을 구했던 조상들의 '비굴한 풍습'을 주 영감은 차마 따르지 않았다. 그렇다고 교육을 제대로 시킨 것도 아니었다. 그저 동문선습을 읽히고 예절 좀 가르치다 "계집들이 공부는 무슨…" 하면서 접어버렸다. 농사일로 머슴들을 부리다가 자투리 시간에 자기가 낳은 계집아이들을 가르친다는 게 도무지 흥이 나질 않아서였다. 딸들은 보리쌀과 바꿔 먹지 않는 덕분에 어느새 쑥쑥 자라더니 벌써 큰딸 대하가 열여덟이다.

대하도 시집을 보내야 했는데 전쟁 통에 마땅한 사윗감 고르기가 쉽지 않았다. 그러던 차에 밖에서 제 발로 걸어 들어온 젊고 튼실한 놈이 있지 않는가. 주 영감은 나름 계산을 했다. 근 삼 년 머슴으로 부리는 동안 막내딸까지 모두가 이석우를 잘 따르고 있었다. 더구나 맏딸 대하도 싫은 내색을 안보이니 혼인시켜 살림을 내 주는 편이 일한 품삯을 계산해 주는 것보다 여러모로 이득이었다. 하지만 주 영감은 주저하고 있었다. 이석우에게 막상 큰딸과의 결혼을 권했다가 거절한다면 그 다음은 무얼 어떻게 해야 하는지 대책이 서질 않았기 때문이었다. 이것이 그 해 봄, 주 영감이 하루 종일 장죽을 물고 연기만 뿜어대는 이유였다.

대하가 노동리에서 석우와 단 둘이 집으로 돌아온 그 날 밤, 주 영감은 아내 장덕화에게 이런 생각을 털어 놓았다. 주 영감의 아내도 평소에 이석우와 그 어머니에 대해 싫은 소리 한 번 내지 않았었다. 그녀는 남편의 이야기를 듣더니 어머니 강 씨를 염려했다.

"근데 영감. 저 시어미가 괜찮을런지요? 외아들에 홀시어미한테 딸을 줬다가 괜히 고생시키는 게 않을지 해서…"

"아들허구 지내는 걸 보니 뭐, 며느리 미워하지는 않을 거 같은데. 성품도 그렇지 조용조용 허니 우리 대하가 큰 고생은 할 것 같지 않아."

"가끔 화를 낼 때믄 좀 사납기도 허구…"

"기거이야 임자도 그렇잖나. 아주 기냥 온 집안을 들어먹을 듯이… 허헛."

"뭬야요? 내가 언제 그랬다고. 이 영감이…"

"허허헛… 기런데 걱정인 게 석우 저 놈이 대하가 싫다고 거절하믄 어쩔 거냐 말이지."

"기건 걱정 마셔요. 혼담은 내가 시어미될 강 씨허구 하믄 되는 거지요."

"아하!"

주 영감은 아내의 말을 듣고 무릎을 탁 쳤다. 모처럼 여자의 쓸모를 찾았다는 듯이.

결혼

도사리의 초여름, 경기도 개성의 판문점에서 남쪽 대표와 북쪽 대표가 휴전을 위해 정전협정서에 서명하던 1953년 7월 27일, 도사리의 맨 안쪽 주 씨 집 마당에서는 사모관대를 쓴 신랑과 연지곤지 찍은 신부가 맞절을 하고 있었다. 신랑 측 하객은 모두가 노동리의 화전민들이었고 신부 측은 십여 리 밖 장평은 물론이고 멀리 봉평과 대화, 진부와 횡계에서도 찾아와 주었다. 주 영감의 하객들 대부분은 정장으로 갓을 쓴 한복

차림이었다. 그들은 과거시험이 폐지된 지 70년이 다 됐지만 서로 '초시 어른' 같은 호칭을 써가며 조선시대의 예법을 따르려 애썼다. 이들은 장닭이나 꿀, 말린 당귀 다발이나 마른 생선들을 들고 와 부조로 내 놓았다.

전란 중이라 모든 것이 부족했던 시절이었고, 더구나 벽촌의 빈한한 마을에서 이뤄지는 혼례식인지라 준비된 예물이 턱없이 부족했다. 나무 기러기를 빌려 오기로 한 사람이 술에 취해 빈손으로 나타났고 오방색 천은 너무 오래 되어 색이 바랬다. 그러나 주병선의 주장대로 절차만은 고수했다. 모자라는 물품들은 종이에 붓으로 써서 대치하는 것으로 결혼식이 진행됐다. 그러나 나무 기러기만은 아쉬워했다. 그러자 급히 석우가 낫을 들고 삼십분쯤 뒤에 나타나 손수 깎은 나무 기러기 두 마리를 내 놓음으로서 하객들의 칭송을 받았다. 신랑의 곤룡포와 신부의 대례복은 횡계에서 주 영감의 친구가 빌려와서 외양은 얼추 그럴싸하게 진행되었다.

법식을 따르려 애를 쓰는 중에 하객들은 별 까탈을 부리지 않은 채 부족하면 부족한 대로 이해하고 웃어넘기면서 혼례식장의 분위기는 흥이 더해갔다. 시어머니 강 씨가 신부 대하의 절을 받을 때 사별한 남편 생각으로 북받쳐 오르는 감정을 이기지 못해 슬피 우는 바람에 잠시 장내는 숙연해지기도 했지만 처제들의 재롱과 석우의 장모 장덕화의 기지로 화기애애하게 식을 마치게 됐다. 석우는 동네어른들을 포함해 하객들이 따라주는 술을 주는 대로 받아 마셨다. 의외로 그는 술에 강했다. 그러자 사람들은 취할 때까지 계속 권하는 통에 첫날밤은 완전히 골아 떨어져 버리게 된다.

장내가 시끌벅적한 축하연으로 이어졌을 때 어머니 강 씨는 조용히 돌아와 북쪽을 향해 물을 떠 놓고 기도했다.

"석우 아부지. 보고 계시우? 우리 석우 이렇게 장가 보내우. 내도 그동안 고생 많았소. 여서 살믄 얼마나 살겠소. 부르면 언제라도 갈 테니 그때 다시 봅시다."

이석우는 그렇게 주병선씨 집안의 맏사위가 되었다.

"큰 싸우 봤으니께니 영감도 이제 못자리 찾아놔야 안 캈어?"

"야야, 이 집엔 딸만 여섯이라 싸우 다 보게 되믄 기둥뿌리 하나 남아나질 않겠다 야."

삼살방(三煞方)과 두 개의 이름

하객들은 흡족해 하는 주병선에게 짓궂은 농담을 던지곤 했다. 결혼식이 끝나고 두 사람은 이석우가 늘상 사용하던 방에서 살림을 차렸다. 그리고 이듬해 봄, 석우의 아내 대하는 순하게 생긴 아들을 낳았다. 시어머니 강 씨는 며느리를 '애미'라고 불렀다. 당연히 아들 이석우는 '애비'로 부르기 시작했다.

첫 아들의 원래 이름은 '승권'이었다. 이석우가 그래도 들은 바가 있어 노동리에 살고 있던 같은 종씨의 아저씨뻘 되는 양반을 찾아가 족보와 관련한 이것저것을 물었다. 글을 잘 몰랐기에 최대한 기억에 새겨 집으로 돌아왔는데, 그가 가져온 기억은 '돌림자로 이을 승(承)자를 써서 자식들 이름을 지어야 한다'는 것이었다. 장인 주 영감에게 부탁하면 될 일이었지만 자존심을 지키려 애써가면서 직접 지었다. 그것이 '승권'이었다. 한자로는 무슨 뜻인지 알 수 없지만 이웃들의 이름을 기억해 보면 분명 같은 글자를 쓰고 있었기에 석우는 걱정하지 않았다.

한편, 주병선은 자신의 삶에서 첫번째 외손주가 태어난 것에 더 없이 기뻐했다. 그는 부정 타지 않는 손 없는 좋은 날을 골라 도사리 뒷산의 성황당을 찾았다. 장날 구해 온 북어포에 실타래를 감아 상에 올리고 술을 따라 제를 올렸다. 온통 연두색 생명의 빛깔이 넘실대는 숲속에서 주 노인은 후손의 무탈을 기원했다. 그날 밤 주 노인은 등잔불 아래서 주역을 펼쳐놓고 사주를 넣어 첫 손주의 괘를 짚어 보았다. 밤새가 울고 가는 깊은 어둠속에 주홍빛 등잔불이 그의 그림자를 벽에 걸쳐 놓았다. 가끔 그림자의 머리가 끄덕거리더니 이내 갸웃 거리고 있었다.

"허어. 그것 참…"

주 노인은 혀를 찼다. 그리고 몽당연필 심에 침을 묻혀 한자를 한 자 한 자 써 가며 획수를 계산해 갔다.

다음날 주 노인은 사위 이석우를 불렀다.

"싸우, 자네 손주 이름을 호적에 올렸나?"

"좀 더 키워보고 올리믄 안되겠어요?"

"승권이라고 했네? 그 이름, 뭐, 그리 좋지 않아. 다른 이름으로 해."

"장인 어른. 그 미신을 너무 믿는 거 아닌가요?"

"에끼, 이 사람아. 이 주역이라는 건 철학이야 철학. 철학이

먼지나 알간? 하여간 내 말대로 그렇게 해."

"뭔 이름으로 하나요?"

"배울 학, 벼슬 관. 공부해서 벼슬하라고. 벼슬이 최고야. 학관이다. 학관."

"근데 벌써 사람들이 승권아, 승권아 하고 불러싸서 저 놈 귀에도 벌써 승권이가 익었을 건데요?"

"그래도 아니래니까 그러네. 아, 내 말 못 알아듣겠나?"

"알았수다. 그럼 장인 어른, 이제 손주도 낳았고 나도 저 사람하고 나가 살아야겠는데…"

"어디루?"

"저 너머 노동리에요."

"가만있어 봐. 어디 보자…"

주 노인은 손가락을 펴더니 육갑을 짚어갔다.

"노동리가 여기서 북쪽이란 말이지… 흠… 보자… 내년에는 가믄 안돼. 애 좀 더 키웠다가 후년에 나가 살어."

"가믄 안 되나요."

"삼살방(三煞方)이 내년에 북쪽이야."

"삼살방이 뭐래요?"

"세살(歲煞), 겁살(劫煞), 재살(災煞)이 끼어들어 아주 재수 없는 방향이지. 흉신(凶神)이 그쪽에 머무는 거라서 가믄 안돼."

"예. 알갔시오."

"손주 이름은 배울 학자에 벼슬관 이다!"

"예."

승권은 이런 연유로 해서 통상적으로 불리는 이름과 호적상의 이름 두 개를 갖고 살게 된다.

노동리의 귀틀집

학관이가 첫 돌을 막 지났을 때 이석우는 이사 준비를 했다. 장인이 "올해는 그 방향이 삼살방(三煞方)이라 나쁘다니까"라고 만류해도 막무가내였다. 아내 주대하는 남편에게 순종적이었다. 살아오면서 아버지 주 노인을 제외한 남자들을 거의 만나지 못한데다가 성품이 인내심이 강하고 어질었다. 그에 비하면 이석우는 힘세고 일 잘하는 남자였지만 결혼식 이후 배운 술에 취하기만 하면 아내를 거칠게 대했다. 막말과 욕지거리가 섞일 때도 흔했지만 다들 그렇게 살아왔기에 누구 하나 문제 삼지 않았다.

새벽이슬로 풀잎이 촉촉해있을 무렵 네 사람은 길을 나섰다. 여름 해를 피해 일찍 나서던 참이었다. 지겟짐을 진 이석우와 아내 주대하는 네 개의 봇짐을 양 손에 하나씩 들었다. 거기다 학관이를 등에 업은 주대하의 머리에도 보따리가 하나 올라가 있었다. 이들을 뒤따르는 어머니 강 씨의 등에도 가벼운 것들로 채워진 망태기가 걸려 있었다. 대하의 동생들이 졸린 눈을 비비며 고갯길이 시작되는 뒷산 언덕까지 배웅을 나와 주었다. 그렇게 이사를 했다.

노동리에 삼거리란 이름은 두 곳에 있었다. 운두령을 향하는 국도가 비탈을 몇 번 구불거리며 오르막이 되다보면 길은 오른쪽으로 가지가 나 있었다. 그 길에서 한 500미터를 올라가면 더 좁은 길이 다시 오른쪽으로 가짓길이 났다. 윗삼거리와 아랫삼거리라 불리는 곳. 이석우는 가족들을 데리고 윗삼거리에서 다시 한 번 길을 접어들어 산 속으로 향했다. 개울물을 따라 가는 길이었다. 자작나무와 낙엽송 군락지를 지나 돌다리를 건너다보니 어느 새 숲속에 넓은 공터가 드러났다. 처음 이곳에 와서 작은 집을 짓고 어머니와 겨울나기 위해 살던 집은 너무 엉성하게 지은 데다 여름 내내 쏟아지던 폭우로 다 부서진 판이었다. 석우는 그 며칠 동안 이곳을 드나들며 아궁이와 구들장을 놓고 굴뚝을 세워 집터를 닦아 놓았다. 반경 5리 내에 흩어져 살던 화전민들도 십여 명이 모여들어 새로 이사 오게 될 이석우의 정착을 위해 나무를 깎고 다듬은 뒤 아귀가 맞도록 귀틀을 파 놓았었다. 아직 정오를 지나는 해가 머리위에서 내리쬐고 있을 때 이석우의 아내 주대하는 무거운 짐들을 내려놓고 포대기를 돌려 아기에게 젖을 물렸다. 시어머니 강 씨의 걸음은 늦어 오 분쯤 뒤에야 걸어올라왔다. 하지만 그녀에게 이 지역은 몇 년간 겨울을 보냈던 낯익은 곳이었다.

이석우와 벌써 친해진 이웃 사내들이 다가와 작업을 도와주었다. 노동력이 턱없이 부족한 화전민들은 협동 작업이 쉽지 않아서 어지간한 사람이라도 화전을 일군다며 근처로 유입할라치면 텃새보다 오히려 가족처럼 반겼다. 국유지를 임자 없는 땅이라 여기던 그들로서는 어차피 누가 들어오던 다른 이의 영토만 침범하지 않는다면 대환영이었다. 그런 이들과 함께 석우는 익숙한 솜씨로 귀틀을 끼워 맞추며 집의 형태를 조립해 갔다. 3자8치의 방 두 칸에 부엌 한 칸이 직사각형 네모 칸 안에서 마련되었다. 곧이어 윗삼거리에 살던 이석우의 동년배들이 연장을 들고 모여들었다. 이들은 전날 해두었던 굵은 나무들을 정리해 석가래로 지붕을 얹었다. 저녁 무렵이 되자 갈대를 엮어 덮은 지붕이 얹히면서 그럴싸한 집 한 채가 숲속에 탄생했다. 어머니를 모시고 고향을 떠난 지 8년만의 일이었다.

세파에 시달리는 것을 두려워했던 산촌 청년 이석우가 목숨 걸고 38선을 넘고 봉평을 거쳐 계방산 자락으로 스며들기까지 8년이었다. 전쟁이란 악마가 죽음의 냄새를 풍기며 그를 뒤쫓아 와 주변에서 3년간이나 어슬렁거렸어도 그는 자신과 어머니를 지키면서 아내를 얻었고 이제 아들까지 얻어 어엿한 아버지가 되었다. 열여덟이었던 그가 이제 스물여섯이 되었다. 세상살이에 자신감이 생겨나기 시작한 것이다.

다섯 살 학관이의 세상

이석우에게 평균적인 행운이 뒤따랐던 반면 평균적인 불행도 덮쳐왔다. 노동리에 이사한 지 1년뒤 아내 주대하는 딸을 낳았다. 하지만 두 살이 못 돼 세상을 떠났다. 유아사망률이 20퍼센트 이상 되던 시절이기도 했으나 문명에서 멀찍이 떨어져 살아야 하던 화전민들에게 통상적인 유아사망률은 의미가 없었다. 그저 100퍼센트 아니면 0퍼센트일 뿐이었다. 반반의 확률이란 인간의 몫이 아니라 하늘의 몫이었다. 예측불허인 셈이었고 운(運)에 맡겨야 한다는 의미였다. 이들이 의지할 곳은 병원이나 의사가 아니라 성황당의 산신령이었다.

이석우는 아들 학관이를 다른 아버지들처럼 감싸고돌지 않았다. 한창 젊어서인지 그는 아이에게 관심을 두기보다는 일을 하거나 마을로 내려가 술 마시는 데 더 바빴다. 학관이가 자라면서 아버지 이석우와의 거리감은 좀 더 생겨났다. 이석우는 아들에 대해서 그저 데면데면할 뿐이었다. 대신 밭일을 할 때면 늘상 데려나가 일을 시켰다. 이석우는 아들에게 살아내는 기술을 가르쳐야 한다고 믿었다. 자신이 사신(死神)으로부터 벗어나 살아낸 비결이 바로 그러했던 것처럼. 덕분에 네 살배기 이학관은 걸음마를 시작할 때부터 밭일을 해야만 했다. 화전민 촌락이란 것이 이웃이라고는 가까워야 100미터쯤 걸어가야 나오는 집 한 채였고 거기에 학관이의 또래가 반드시 있으리라는 보장은 없었다. 반경을 2킬로미터쯤 더 넓혀야 친구라고 부를만한 아이들이 서너 명 있을까 했다. 집 지키는 개가 있었고 김을 매는 황소가 있었으며 매일 달걀을 낳아주는 닭들이 있었지만 어린 학관이의 벗이 되어줄 수는 없었다. 그는 궂은 날이 아니면 아버지에게 끌려가듯 따라나서 깨밭이나 옥수수 밭에 쪼그리고 앉아 잡초를 뽑거나 감자를 캤다. 잘하면 칭찬은 드물었고 못하면 된소리를 들어야 했다. 학관은 동물적 본능처럼 아버지의 욕설 섞인 야단을 피하려 애썼다. 게으름 피우거나 대드는 법이 없었다.

도사리 외가에서 태어나 노동리에서 어린 시절을 보내게 된 학관이에게 주변은 가슴 벅찬 느낌을 주면서도 조금은 겁을 집어먹게 만드는 세계였다. 하늘부터 주변의 각종 식물들과 발밑의 흙길까지 저마다 자신만의 색깔이 있었다. 그 색깔들은 아침과 점심 그리고 저녁과 밤이 달랐으며 어떤 것들은 계절이 바뀔 때마다 옷을 갈아입듯 화려하게 변해갔다. 색으로 보는 세상은 모두가 살아있는 것만 같았다. 하지만 학관이의 집에서 200미터쯤 더 올라가면 나오는 맨 끝집의 여섯 살 먹은 사내아이가 까치독사라는 칠점사에 물려 파랗게 질린 채 죽어가던 모습은 공포를 불러 일으켰다. 그 아이의 사체는 몇 년 전 세상을 떠난 여동생과 비슷하게 몸이 굳어지고 어디에도 생기가 없는 모습이었다. 그 집 부모들도 학관의 부모들처럼 울면서 가마니에 딱딱하게 굳어버린 아이 시체를 둘둘 말아 지게에 싣고는 산으로 들어갔다. 아마 어딘가에 무덤을 만들어 주었을 것이다.

위험과 아름다움이 뒤섞인 세상의 풍경들이 제각기 자신들만의 이름이 있다는 걸 알아챈 때는 다섯 살이 지나고 나서였다. 이름을 알던 때부터 학관이에게 이 세상은 가만있으면 고스란히 빠져죽고 마는 깊은 연못 같았다. 언제나 먹을 것을 기르고 키우고 거두어야 살아낼 수 있다는 걸 알아챈 것이다. 그날 그 날 일한 것들이 모여져 엄마와 할머니의 손을 거치면 따뜻한 음식으로 변하는 장면들을 체험하는 것이 일상이었다. 말라죽은 나뭇가지와 솔잎을 긁어모아야 그것들로 아궁이 곁에서 군불을 만들 수 있었다. 그리고 추운 날엔 그 불을 쬐는 것이 행복이라면 행복이었다.

농사일에 이력이 붙은 이석우는 매년 콩이나 조, 수수, 감자 같은 작물의 수확이 끝나면 황소 등에 잔뜩 싣고서 장평장날에 나가 팔았다. 값이 후하다는 소문이 있으면 봉평면이나 대화면까지도 다녀왔다. 돌아오는 날은 어김없이 술에 취해 있었는데 그의 손에는 가족을 위한 보따리도 들여 있었다. 어머니 강 씨와 아내 주 씨 그리고 학관이를 위한 옷가지가 가끔 들어 있었고 등잔을 켤 석유 한 통은 필수품이었다. 허리춤에 있는 전대에서는 적지 않은 현금다발이 두꺼운 두께를 드러내곤 했다. 그는 가족 중 누구라도 전대만큼은 손을 대지 못하게 했다. 이석우는 조금씩 돈을 모을 줄 알았던 것이다.

승복이 태어나다

학관이가 여섯 살이 되던 1959년 겨울에 남동생이 태어났다. 어릴 때 학관이와는 정 반대로 튼실하게 생긴 동생이었다. 이석우는 큰 아들 학관이의 원래 이름이 승권이었음을 잊지 않고 둘째 아들을 승복이라 이름 지었다. 삼대독자로 살아온 이석우로서는 정말 날아가는 기분이었다. 홀어머니 강 씨도 대를 든든하게 이어갈 수 있다는 기쁨에 취했다. 전쟁나면 둘 중 한 놈을 군대로 내 보내도 되고 더 이상 도망 다니면서 살 필요도 없다며 기뻐했다. 이석우의 가족은 네 식구로 늘었다. 종종 도사리의 넷째 처제 만하가 승복이를 봐주러 산길을 넘어오곤 했었다. 만하는 조카 학관이를 업어 키웠고 승복이도 그녀의 몫이 되다시피 했다. 두 아이는 만하 이모의 튼튼한 등에 업히길 좋아했고 만하는 귀여운 조카들을 업고 있을 때가 제일 행복했다.

승복이는 먼저 세상을 떠난 계집아이보다 튼튼하게 자랐다. 다만 승복이를 업어 키우던 만하 이모에게는 무척 버거운 아이였다. 다른 아이와 달리 승복이는 고집이 유달랐다. 한번 원하는 걸 해 주지 않으면 자지러지게 울곤 해서 만하를 진땀 나게 만든 유일한 조카였다. 그런데 만하의 형부인 이석우는 승복이가 그런 떼를 쓸 때마다 더 없이 귀여워해 주었다. 덩달아 아내 주대하도 승복이에게 사랑을 더 많이 쏟았다. 승복이는 또래에 비해 작달막했지만 학관이는 키가 큰 편에 속하고 날렵하면서 성품도 조용했다. 장인 말대로 공부를 시켰으면 공무원쯤은 할 만한 아이였다. 하지만 이석우는 장인과 달리 자식들을 공부시킨다는 것 자체가 받아들이기 어려운 일이었다. 학관이의 성품이 공부벌레가 되어가는 걸 싫어한 이석우는 그럴수록 강한 기질을 가진 승복이를 더 아끼게 됐다. 훗날 자신도 아이의 아버지가 되는 이학관에게는 그의 아버지 이석우의 행동이 영원히 풀리지 않는 미스터리 같았다.

원주 원평리

이석우는 서울에서 4·19가 일어났다는 소문을 들었다. 얼마 지나지 않아 대통령이 하야했다는 소식도 들었다. 하지만 산촌에서는 아무 짝에도 쓸모없는 소식일 뿐이었다. 학관이가 일곱 살이 되던 그 해 여름에 이석우는 강원도 원주의 치악산 골짜기로 살림을 옮겼다. 그것도 도사리의 장인을 만나 언제 나가면 좋을지 묻기는 했으되, 장인 말대로 이듬해에 나가질 않고 물어보던 그 달로 이사를 나갔다. 사위가 노동에서 원주로 이사를 갔다는 소식에 장인은 투털댔다.

"아니, 기럴 기믄서 왜 물어? 묻기는? 참 싱거운 놈이네. 청개구락지도 아니구서.."

누구나 인생에서 세 번의 기회는 있다고 했다. 이석우에게는 그런 기회가 몇 번째인지 모르지만 찾아온 적은 있었다. 둘째아들 승복이를 낳을 무렵부터 그는 돈을 제법 벌어들이기 시작했다. 조, 수수, 메밀, 콩 등 수확한 곡물들은 장에 내놓는 즉시 도매꾼들이 예년보다 세 배는 넘게 좋은 값을 쳐 주며 가져갔다. 그의 노력도 한몫 했지만 흉년으로 시장 가격이 폭등해 버린 덕이 컸다. 목돈을 제외한 푼돈으로 투전판을 기웃거리면서 운 좋게 따기도 했었다. 이 모든 성공이 자신의 노력에서 연유한 것이라고 생각했다. 자신감이 넘쳐나던 시절이 온 것이다. 그는 모은 돈으로 아내나 다른 누구와 의논 같은 것도 없이 땅을 사러 다녔다. 그러다가 덜렁 원주시 원평리의 밭 2,000평과 개울 옆에 붙은 정미소까지 샀다. 비로소 산촌의 화전민이 아닌 농촌의 농민이 된 것에 한껏 부풀었다. 더 이상 국유지에 불을 놓아 농사를 지어야 하는 일은 하지 않아도 되는 것이다. 더 이상 관리들을 겁내지 않아도 되는 것이기도 했다.

1960년 여름, 대통령이 외국으로 도망을 갔다고 하고, 새 대통령이 나왔다는 소문이 들리는 중에 이석우는 가족들과 함께 장평 읍내까지 걸어 나와 시외버스를 탔다. 난생 처음 버스라는 걸 타 본 일곱 살 학관이와 첫 돌이 다 되어가는 승복이는 흔들리는 창문 밖 풍경이 자꾸만 뒤로 지나가는 걸 신기한 듯 돌아보았다. 아내 대하는 멀미 같은 입덧을 시작했다. "애미야. 괜찮으냐?"고 시어머니 강 씨가 물었다. 표정에서는 이미 알고 있다는 듯이 기쁨이 서려 있었다. 이들이 원주시 원평리에 도착할 무렵에는 차창 밖 밤하늘에 걸린 반달이 느릿느릿 버스를 쫓아오던 시각이었다.

문명이 거의 닿지 않았던 산촌에 살던 사람들이 문명의 가장자리인 농촌으로 옮겨 온 것이다. 문명의 중심인 도시에서 문명의 가장자리인 농촌으로 들어가 사는 것과 완벽한 대칭적 삶이었다. 산촌에서 농촌으로 거주지를 옮긴 이석우의 가족들에게 새로운 환경에 적응하는 장벽 같은 것은 거의 없었다. 신이 났을 뿐이었다. 이석우가 두려워하는 공무원들조차 인정해 주는 '내 밭', '내 땅', '내 집'을 가진 이석우는 세상 모든 것을 다 가진 느낌이었다. 더구나 늘 하던 농사일은 더 이상 비탈지고 돌멩이 수북한 산간지대의 메마른 밭이 아니라 물 고인 논이 보이는 평야지대의 기름지고 부드러운 흙의 바다 같은 밭에서 하게 됐다. 먹는 음식도 달라졌다. 주식이던 감자와 옥수수가 보리와 쌀로 달라졌다. 구석기인이 청동기시대를 살게 된 셈이었다.

황금알을 낳는 정미소

더구나 정미소를 운영하면서 이들 가족은 가장 배불리 먹는 시절을 만나게 됐다. 주로 가을에 일감이 몰리긴 하지만 도정하지 않은 벼를 곳간에 저장해 두었다가 필요할 때마다 정미소로 가져오는 사람들 덕분에 일감은 시시때때로 일 년 내내 계속됐다. 이석우조차 정미소를 매입할 때는 잘 몰랐던 사실이 하나 있었다. 꼼꼼했던 이석우는 그 날 그 날 도정작업을 마치고 나면 반드시 구석구석 청소를 해야 직성이 풀렸다. 그는 몸집이 작은 학관이를 시켜 기계 뒤편까지 깨끗하게 비질을 시켰다. 그런데 쓰레받기에 모아진 수북한 먼지 속에 쌀들이 제법 많이 있는 게 아닌가. 알고 보니 도정기 입구로 쏟아부어진 벼 알갱이들이 회전축에 의해 함석으로 만든 관을 통과하는 중에 낱알들이 줄줄 새고 있던 것이다. 모터 소음과 벨트의 회전 진동 때문에 관 이음새의 틈이 벌어져 있었다. 틈의 크기는 더도 덜도 아닌 적당한 크기였다. 너무 컸다면 손님들이 항의를 했겠지만 그들도 알아차릴 정도로 낱알이 많이 새는 것은 아니었다.

이석우는 쓰레받기 먼지속의 쌀알들을 두 손바닥으로 모아들었다. 학관이가 전부 다 긁어모은 걸 보니 세 되는 너끈했다. 열 되가 한 말이니 한 달에 쌀 한 가마니가 들어오는 셈이었다. 한동안 시선을 떼지 않은 채 곰곰이 생각했다. 어째서 이런 횡재를 정미소 예전 주인은 말하지 않은 것일까? 이 사실을 아는 이상 머리에 구멍이 나지 않았다면 자신에게 이 정미소를 그토록 헐값에 처분하지는 않았을 것이다. 도정비를 받는 것만으로는 버티기 힘들었다는 걸 알지만 한 달에 쌀 한가마니가 들어오면 이야기가 달라진다. 도정할 때마다 쌀도 이렇게 굴러 들어온다면 그야말로 매일 황금달걀을 낳는 닭을 산 셈이었다. 그런데 주인은 일언반구 없었다. 왜 그랬을까?

그 이유를 궁금해 할 때 곁에 섰던 학관이가 빗자루를 거꾸로 들고 공중으로 휘젓기 시작했다. 학관이의 시선을 따라가 보니 거의 새끼고양이만한 쥐들이 정지한 도정기의 회전축을 타고 이리 저리 다니고 있었다. 해답을 찾았다. 전 주인이 이런 횡재를 발견하기 전에 저 쥐들이 매일 횡재를 수거해 갔던 것이다.

이석우는 그날부터 가장 깨끗한 정미소의 주인이 되었다. 언제나 이석우의 정미소는 구석구석 먼지 한 톨 없이 깨끗하게 청소되어 있었다. 사람들은 그런 이석우를 부지런하고 깨끗한 사람으로 기억했다. 다만 정미소에서 살던 쥐들은 학관이라는 빗자루 든 소년 천적을 만난 덕분에 때 아닌 불경기를 맞아야 했다.

아내에게 재봉틀을 사 주다

서른한 살의 이석우는 자신감이 넘쳐났다. 항상 그의 전대 속에는 현금이 그득했다. 쌀독에서 인심난다는 말을 그는 거의 매일 입증하고 다녔다. 그가 인심을 쓰는 곳은 주로 대폿집과 투전판이었지만 좋은 일도 했었다. 그가 했던 좋은 일 중에는 다섯 식구들의 낡은 옷가지를 등잔불 아래서 바느질해오던 만삭의 아내에게 재봉틀을 사 준 것도 포함된다. 손재봉틀이 집으로 들어오던 날, 주대하는 눈을 동그랗게 뜬 채 기쁜 표정으로 "오메, 이기, 이기 얼마래요?"라며 기름 먹어 매끈한 검은 색 몸체를 쓰다듬어 보았다. 시집온 지 7년 만에 그토록 갖고 싶었던 재봉틀을 갖게 된 심정은 재봉틀 광고전단지 모델보다 더 행복한 얼굴이 되어 있었다. 그녀는 제일 먼저 승복이를 돌봐주던 시어머니의 무명 저고리와 치마를 손봤다. 시어머니 강 씨는 승복이를 업고 나가 동네 사람들에게 자신이 입은 옷을 자랑하곤 했다.

원주 원평리로 이사한 이듬해 봄에 셋째가 태어났다. 또 아들이었다. 이름을 승수라고 지었다. 복이 굴러들어오던 그 봄에 이석우가 했던 또 다른 좋은 일은 큰아들 학관이를 원평 초등학교에 입학시킨 것이다. 그 자신이 일자무식이었던 것에 비하면 이석우는 정말 큰마음 먹고 아들을 학교로 보낸 것이었다. 하지만 교육을 통해 아들을 성공시켜 보겠다는 생각 같은 것은 애당초 없었다. 입학식 첫날 승수를 등에 업은 아내 주대하와 원평 국민학교에 갔던 이석우는 운동장에 모인 학부모들 틈에 끼어서 묘한 감정을 느꼈다. 경제사정이 고만고만했으니 평소 어딜 가나 옷차림만으로 행색이 크게 달라 보이지 않는다고 생각했는데 학교라는 공개 장소에서 만난 잘 차려입고 나온 하얀 피부색의 학부모들 속에서는 적이 불편했다. 그러나 이석우는 마음속에서 일어나는 감정에 오래도록 고민해본 적이 없었다. 그날도 그런 불편이 어디서 연유하는지 곰곰이 생각하질 않았다. 그는 병아리 같은 아이들끼리 줄 서 있는 모습을 보자 금방 마음이 풀어졌다. 아들 학관이는 동급생들 가운데 제법 큰 키여서 기분이 한결 좋아졌다. 다만 여리게 생겨먹고 계집애같이 고분고분한 게 마음에 차지 않았지만.

저만치 허연 책보를 어깨에 비껴 맨 학관이가 돌부리를 차가며 즐겁게 앞서갈 때 두 부부는 천천히 그 뒤를 따라 집으로 가고 있었다. 뒷짐 진 걸음을 하던 이석우는 아내에게 들으라는 듯 이런 말을 했다.

"학관이 학교 댕기믄 글 좀 쓰지 않갔어?"

주대하는 도사리 친정 아버지를 떠올리며 대답했다.

"공부는요, 할 만큼은 해야 하는 거래요."

그녀는 학관의 입학에 그 어떤 희망이라는 감정을 느꼈다. 그러나 이석우는 공부를 오래 시킬 생각은 없었다. 아이들이 자랄수록 먹는 입은 더 늘어나고 그만큼 농사일도 많아진다. 이석우의 세계는 강원도 산골과 농촌 사이에서 밖으로 벗어난 적이 없었다.

"할 만큼은 멀… 이름자나 읽고 쓰면 됐지…"

장인을 보라. 동네 아이들에게 천자문을 가르치고 역술이며 주역이며 다 해 보지만 아들도 못 낳지 않았는가. 그의 생각은 딱 거기까지였다. 장인도 석우에게 아들을 어떻게 낳을 수 있었는지 신기한 표정을 보인 적이 있었다. 그 순간 석우는 장인을 이겼다고 생각한 것이다. 배우고 못 배우고가 행복한 인생을 가름하는 것은 아니지 않는가. 그저 열심히 밭 갈고 일해 식구들과 나누어 먹고 남은 건 장에 내다 팔아서 필요한 것들과 바꿔오거나 사오면 그만인데. 땅이 없으면 산으로 가면 된다고 생각했다. 국유지의 개념이 별로 없던 화전민들처럼 그는 강원도 태백준령들의 인적 드문 산속은 누구나 먼저 차지해서 뭐든 심고 가꾸면 굶어죽지 않는 것이 세상이라고 생각했다. 그런 그에게 자식이란 자신의 대를 이어줄 존재이면서 동시에 자신의 노동 보조원이자 농업 기술의 전수생이었다. 학교란 그저 이름 석 자나 쓸 수 있고 밥 굶어 죽지 않을 만큼만 배워서 이석우 자신이 처한 어려움보다 좀 더 수월하게 문자해독이나 할 수 있다면 그저 열심히 일해서 살아가는 게 전부라고 믿고 있었다.

이석우의 자신감

원평리 벌판을 봄비가 적시던 1961년 5월 셋째 주 화요일, 새벽의 푸른 안개가 자욱한 보리밭으로 소를 몰고 나가던 이석우는 늘상 지나던 밭둑 아랫집의 창문으로 들려오는 라디오 소리에 귀를 기울이곤 했다. 조금 일찍 지나가면 아리랑이 들리다가 애국가가 나왔다. 그리고 "한국방송 KBS가 정각 5시를 알려드립니다. 뚜 뚜 뚜 뚜."하는 아나운서의 음성과 시보소리를 뒤로하고 황소를 따라 느릿느릿 자기네 밭으로 가는 것이었다. 그런데 그날은 아리랑이 나오다 말고 갑자기 행진곡이 나왔다. 방송이 한 번도 이런 적이 없었는데 이상했다. 시간이 아직 5시가 안됐는지 5시가 지났는지 알 도리가 없었다. 이석우는 소고삐를 잡아당겨 걸음을 멈추고 아랫집 창문에서 새어나오는 라디오 소리에 귀를 기울였다. 갑자기 행진곡 소리가 줄어들더니 남자 아나운서의 담담한 목소리가 들렸다.

"친애하는 애국동포 여러분! 은인자중하던 군부는 드디어 금조미명을 기해서 일제히 행동을 개시하여 국가의 행정 입법사법의 3권을 완전히 장악하고 이어 군사혁명위원회를 조직하였습니다. 군부가 궐기한 것은…"

이석우는 별 재미없는 소릴 한다고 생각했다. 5시 시보를 놓쳤다고 생각한 그는 되새김질하던 소를 몰아 밭으로 걸음을 재촉했다.

그날 오후, 원주 시내로 나갔다가 이석우는 서울에서 혁명이 났다는 이야기를 들었다. 뭔가가 급변하는 모양이었다. 원주 시내 사람들 전체가 예전과 달리 조금 긴장한 듯 느껴졌다. 늘상 약간은 흐트러진 차림으로 아무렇게나 다니던 군인들이 더 이상 보이지 않았다. 대신 대검을 꽂은 소총을 둘러 맨 채 대열을 짓고 발을 착착 맞추며 삼삼오오로 다니고 있었다. 군인들의 대열 사이사이로 민간인들이 불안한 자유를 누리는 중이었다. 조금 더 걸어가자 길을 가로지른 현수막들이 내걸려 있었고 라디오를 수리하는 전파사에서는 '올해는 일하는 해 모두 나서라' 같은 재건의 노래가 들려왔다. 글자를 몰랐지만 사회 분위기가 갑자기 달라지고 있었다. 언제 그런 시절이 또 있었는지는 몰라도 전반적으로 질서가 잡혀가고 금기의 선을 넘으면 가차 없는 힘이 가해질 것처럼 보였다. 군인들은 확실히 걸음걸이가 힘차게 변해 있었다. 그들끼리 경례하는 모습도 절도와 힘이 있었다. 이석우는 왠지 모르게 믿을 만한 구석이 생기는 느낌이었고 어머니를 모시고 38선을 넘어 온 선택이 참 잘한 일이라 생각하니 슬그머니 미소가 지어졌다. 아버지가 그날 배를 탔더라면… 아쉬울 따름이었다. 석우는 세상을 좋아하기로 결심하면서 그날의 피로를 풀기 위해 단골 술집으로 발걸음을 옮겼다. 그날따라 그의 발걸음도 예전 같은 갈지자가 아니라 직선으로 이어지고 있었다.

단골 술집은 원주 시내 외곽에 있었다. 100여 미터 되는 시가지를 가로질러 외곽으로 나서자 그곳은 신작로를 닦기 위해 공병들이 나와 황토색 먼지를 날리며 작업 중이었다. 그 옆으로는 육중한 군용 덤프트럭과 국방색깔의 탱크 같은 불도저가 몸을 부르르 떨며 줄지어 서 있었다. 담뱃대 같은 배기구에서는 하얀 연기가 쉬지 않고 뿜어지는 중이었다. 주로 석기시대적 삶을 살아왔던 이석우에게는 거대한 철재 구조물로 제작된 차량들이 움직이는 걸 보는 것 자체가 경이이자 공포였다. 길을 건너려는데 하얀 색 철모를 쓴 사내가 호루라기를 불면서 붉은 깃발을 들어올렸다. 그는 길을 건너려다 말고 그 자리에 섰다. 그러자 트럭과 불도저가 웅장한 소리를 내며 움직이기 시작했다. 깃발과 호루라기가 저 거대한 것들을 움직이는 광경을 이석우는 처음 본 것이다. 자신도 모르게 감탄사를 내뱉었다. 그는 노란 완장을 차고 붉은 깃발 하나로 거대한 쇳덩이들을 호령하는 조련사 같은 사내를 위대한 듯 바라보았다. 긴 차량 대열이 다 지나가는 동안 황토먼지가 누런 이빨을 드러낸 입 속으로 들어오는지도 모른 채 눈을 부릅뜨고 굴러가는 커다란 타이어의 자태를 지켜보았다. 그의 자신감이 한층 더 부풀어 올랐다.

"이제 우리 집안에 더 이상 독자는 없다! 나는 세 아들을 낳은 아버지다! 열심히 농사짓고 살면 더 이상 굶지 않고 살아갈 수 있다!"

사라져 가는 차량 행렬 속에 이석우는 자신의 결심을 다시 한 번 가지런히 정돈해 보는 것이었다. 그의 하얀색 고무신은 누런 황토먼지로 범벅이 되어 있었다.

고구마 농사

그해 초가을, 학교를 파한 뒤 집으로 오던 학관이가 길가 노점에서 파는 삶은 고구마를 사서 승복이와 나눠 먹은 적이 있었다. 똑같은 강원도인데 평창군 노동리 같은 산간지역의 척박한 토양에서는 고구마 농사가 되질 않았다. 학관이와 승복이는 감자처럼 삶으면 먹기 좋게 무르면서도 달콤하기 그지없는 노란빛깔의 고구마를 난생 처음 먹어 본 것이다. 말도 제대로 못하는 승복이가 고구마의 매력에 흠뻑 빠져들었다. 그 며칠 뒤, 밭둑에 승복이를 앉혀 놓은 채 옥수수를 따던 이석우가 돌아보니 승복이가 길바닥에 버려진 고구마 껍질을 주워 먹는 것이었다. 기겁을 하고 달려 온 아버지에게 승복은 "내 고구마!" 하며 자지러졌다. 이 장면이 이석우에게 깊은 충격을 주었던 모양이었다.

이듬해인 1962년 봄 이석우는 봄보리밭 한 켠에 학관이와 함께 작은 밭이랑을 만들었다. 어느 일요일 아침, 이석우는 늦잠 자던 학관이를 언제나처럼 화난 듯 "학관아!"라고 불러 깨우곤 밭으로 내몰았다. 이석우는 큰 아들 학관이나 아내를 부를 때면 언제나 화난 듯 소리쳐댔다. 아내 주대하나 학관이는 원래 그런가보다 했는데 둘째 아들 승복이에게만은 최대한 부드럽게 이름을 부르곤 했다. 그제야 이들 두 사람은 이석우로부터 뭔가 부당한 대우를 받는다는 걸 깨달았지만 항의하거나 수정하기엔 세월이 너무 흘러버려 일찌감치 체념해 버린 터였다.

아홉 살 학관이는 그날부터 근 일주일간을 학교도 다니는 둥 마는 둥하며 씨고구마를 심었다. 퇴비를 부어놓았던 긴 이랑에 막 싹튼 씨고구마를 아버지, 엄마, 그리고 학관이 세 사람이 심어갔다. 이랑마다 키 작은 지주대가 쪼롬이 꽂혔고 그 위에 긴 비닐이 덧씌워졌다. 긴 이랑이 세 줄로 나 있었는데 이랑마다 못해도 100미터가 넘는 듯했다. 고구마를 먹게 돼서 좋긴 하지만 저 많은 걸 다 심는다고 생각하니 학관이는 슬그머니 한숨이 났다. 어진 성품의 학관은 게으름을 몰랐다. 쪼그리고 앉아서 긴 이랑을 오리걸음 걷듯 꼬물거리며 일주일 내내 일한 뒤 이틀간 몸살로 앓아누웠던 학관이의 정강이뼈는 바로 서도 무릎 아래가 밖으로 튀어나오게 됐다. 아버지나 엄마에게 아프다고 말해도 피가 나지 않는 이상 괜찮다는 대답만 들었을 뿐이었다. 세상은 나쁜 것만 주는 법은 없는 모양이다. 그 봄, 씨고구마와 함께 받았던 봄날의 햇볕은 어린 학관에게 모질게 견뎌내는 힘도 심어주었다.

5월말이 되자 다시 학관이는 학교를 대놓고 빠지면서 부모의 농사일을 거들었다. 밭보리를 벤 곳에 고구마 순을 옮겨 심는 일이 시작됐다. 씨고구마에서 자란 초록 떡잎의 고구마 순을 이파리 달린 부분을 기준으로 한 뼘 정도로 잘라 L자로 심고 둔덕을 돋아주는 일이었다. 확실히 노동리 화전민촌의 토질보다 원주 원평리 토질이 기름졌고 무엇보다 부드럽고 깊게 파졌다. 어린 학관에게는 노동리보다 수월한 토질이라 거기에 즐거움을 가졌다. 산촌의 밭흙은 비탈진데다 깊이가 낮아 지표 부근에서 열리는 감자만이 재배가 가능했지만 원주 같은 농촌의 밭흙은 보다 깊게 뿌리를 뻗을 수 있어서 고구마 농사가 가능했다. 하지만 2,000평 대부분에 고구마를 심으면서부터 학관이는 더 이상 무릎을 꿇고 앉지 못하게 된다.

그 해 가을, 학관이네는 고구마 풍년을 기록했다. 제 값 받고 팔아도 창고엔 고구마로 채워진 가마니가 쌓여 있었다. 학관이와 승복이는 하루 종일 입가에 삶은 고구마나 군고구마를 달고 다녔다. 학관이의 책가방에도 삶은 고구마가 들어 있었고 덕분에 친구들에게는 언제나 인심 좋은 아이가 되었다. 집에서는 학관이와 승복이가 껍질을 벗겨낸 샛노란 군고구마를 한 입 베어 물며 행복해하는 모습을 늘상 보이곤 했다. 이석우는 아내 주대하와 어머니 강순길의 검게 탄 얼굴이 미소로 깊게 주름져가는 걸 보았다. 행복이 집안 곳곳으로 번져가고 있었다.

늦겨울부터 늦봄까지 화전민촌에서는 굶주림과 싸우는 시기였지만 원평리에서 시작한 고구마 농사로 굶는 일은 영원히 없을 것 같았다. 모두 웃고 살 수 있으면 다 된 것 아닌가? 이석우는 자신이 자랑스러워졌다. 그럴 때마다 가족들과 즐거움과 행복을 함께 나눌 줄 몰랐던 이석우는 자신만이 만질 수 있는 전대를 허리에 차고 터덜터덜 밖으로 나갔다. 이석우의 경제권은 은행 통장이 아니라 그의 전대 속에서 나오고 있었다. 집에 남은 아이들은 해질녘 병아리들처럼 할머니와 엄마의 품속으로 들어갔다. 아이들의 아버지는 적어도 내일 점심때까지는 돌아오지 않을 것을 잘 알기 때문에.

노름방

원평리의 자신만만한 무식쟁이 이석우는 단골 대폿집에서 젓가락 장단에 맞춰 노래를 부르다 적당히 술이 오르면 주모와 질펀한 밤을 보내거나 그날의 운을 시험할 겸 대폿집과 연결된 옆방으로 들어갔다. 거기가 노름방이었다. 시골에서 보기 드물게 넓은 노름방은 도리에서 천정까지 가로지른 서까래가 드러나 보였다. 그 낮은 천정 아래로 군용 담요를 사각으로 접어 깔아둔 자리가 예닐곱 군데 있었고 담요마다 남폿불이 하나씩 놓여 있었다. 판마다 손님이 들면 주인은 남포에 불을 붙여주곤 했다. 그리고 자릿세를 떼어 가는 것이다. 주홍색 불빛을 둘러싸고 적은 곳은 서너 명, 많은 곳은 열 명 가까이 둘러 앉아 승부가 날 때마다 장탄식과 현금이 오가는 곳이었다. 오락으로 시작하든 욕망으로 시작하든 거의 모든 남자들은 담배를 물고 있었다. 뿜어대는 담배연기는 장막처럼 방안 전체를 흐릿하게 만들었다. 석우는 그 날도 자신의 두툼한 전대를 더 채워줄 자리를 찾고 있었다. 잃는다면 조금 잃어도 괜찮은 날이기도 했다.

기실 이석우는 화투 스무 장으로 승부를 가리는 '섰다'나 다섯 장 중 세 장으로 열 끗 혹은 스무 끗을 만들고 나머지 두 장으로 '섰다' 판처럼 승부를 가리는 화투를 즐겼다. 단순한 게임이어서 그 자신이 좋아했지만 사실 그의 실력은 노름판의 유치원생이나 마찬가지였다. 농사일에 투박해진 손마디로는 타짜들의 보드라운 손길로 펼치는 묘기를 흉내 낸다는 건 어림 반 푼어치도 없는 소리였고, 산골 촌놈으로서는 그런 고수들의 기술도 구경 한 번 제대로 한 적이 없었다. 하지만, 산골에서 농촌으로 내려와 강원도 원주시의 시민으로 정착에 성공한 그는 고구마 농사와 정미소 경영으로 번 돈을 들고 드디어 이곳 노름방에서 타짜를 만나게 된다.

누구나의 인생에 세 번의 기회는 온다고 했다. 이석우는 자신에게 찾아든 기회를 잘 붙잡고 돈을 벌게 된 데까지는 성공했으나 그는 자신의 성취를 지킬 방법을 알지 못했다. 그래서 이 사내는 노름방을 드나들며 열심히 일할 때와 똑같이 열심히 돈을 잃어갔다. 그것도 한날 한 시에 뒤집어 쓴 게 아니라 먹이를 찾아 전국을 떠돌아다니던 굶주린 늑대 같은 타짜 패거리들에게 석 달에 걸쳐 자신도 모르는 사이에 전 재산을 모두 털려버렸다. 그 석 달 동안 이석우는 분명 크게 이긴 판도 서너 번 있었다고 기억한다. 무엇보다 가장 결정적인 판에서 그만 정신을 놓았다고 그는 자책했다. 동산에 보름달이 환하게 떠오르는 8광(光) 한 장, 하얀 하늘 아래 녹음 우거진 동산이 드러나는 8자 껍질 한 장! 8땡을 잡았을 때 심장 박동이 뛰어 오르면서 눈동자가 커졌다. 실은 그때 포기했어야 했지만 양귀비를 씹어 먹고 돌아버린 놈이 아니라면 8땡으로 죽을 수는 없지 않는가. 그날 전대를 통째 다 털어 부었는데 상대는 국화 다발 두 장을 내밀었다. 8땡은 9땡 앞에 찍소리 못하는 것이 화투판의 권력 서열이었다. 첫 판엔 많이 땄는데 아쉽게도 마지막에 운이 갑자기 없어져 버렸다. 그는 이렇게 생각했다. 상대가 운이 좋았다고 생각했고, 자신이 땄을 때는 상대가 일부러 잃어주었다는 생각을 해본 적이 없는 이석우는 그 해 겨울부터 이듬해 초봄까지 3개월에 걸쳐 집문서와 땅문서까지 전부 날리는 지경에 이른다.

이석우와 그 가족들은 가난에 익숙한 사람들이었다. 몇 번의 부부싸움 같은 난리가 나긴 했지만 네 살 아래의 주대하가 건장한 이석우를 힘으로 이길 수는 없었다. 물론 말로도 이길 수 없었다. 이석우는 말보다 욕설을 더 잘했고 그때마다 손찌검도 예사였으니 도리 없는 것이었다. 다 자란 아들이 며느리에게 가하는 폭력을 늙어가는 어머니 강 씨도 막을 힘이 부족했다. 그저 싸움 끝에 엎어진 밥상을 며느리 대신 치워주고 아들이 나가버린 뒤에 며느리에게 아들을 욕하며 달래주는 것이 전부였다.

풍족했던 먹을 것으로 학교에서 늘상 부러움을 받았던 학관이는 전학을 가야 했다. 장인 주병선 영감은 도사리 친정으로 찾아와 하소연하는 맏딸을 위해 언제 이사하면 좋을지 날을 봐 주었다.

"대하야, 느이 가족은 금년에 옮기면 액이 따라 붙어서 안 좋아. 내년에 이사해라. 내년 봄이 오면 그때 노동리로 들어와."

그러나 이석우는 원주가 싫어졌다. 돈을 잃자 '이 사장님'이라며 꼬리치던 술집 작부들조차 그를 상대하지 않으려 했다. 그토록 친절하고 여시같이 굴던 옥자 그 년조차 자신을 외면하는 것이다. 외상술을 마시고 홧김에 술상을 집어던졌다가 옆에 앉아있던 사내들과 주먹다짐까지 했다. 그날 기억은 거기까지였다. 그 다음에 그의 동선(動線)이 어떻게 이어졌는지에 대한 기억은 전혀 없었고 돈도 얼마 들어있지 않던 그의 전대마저 사라진 채 술집으로부터 5리나 되는 농수로 옆에서 정신이 든 것이다. 앞니 하나가 흔들거리고 혀를 굴려보니 어금니 쪽 시원찮던 이빨은 아예 사라져 버렸다. 부딪혔는지 얻어 터졌는지도 알 수가 없었다. 그는 말라붙은 피를 지우기 위해 농수로를 흐르는 물에 얼굴을 들이밀었다. 희미하게 비치는 자기 얼굴을 보자 다시 부아가 났다. 세수를 하면서 돌아가자고 다짐했다. 다시금 노동리 산속에서 화전을 일구며 사는 게 역시 속편하다 싶은 것이다.

다시 노동리로

원주에서 만 2년하고 5개월 뒤 이석우 가족이 노동리로 다시 돌아왔을 때가 1963년 여름이었다. 떠날 때 5인 가족이었는데 돌아왔을 때는 뱃속의 아기를 포함해 7인 가족으로 늘어나 있었다. 원주로 나갔다가 재미 좀 봤지만 다 털리고 돌아왔다는 소문은 노동리 계곡을 중심으로 흩어져 살던 화전민들에게 삽시간에 퍼졌다. 사람들은 이석우를 속으로는 비웃었지만 겉으로는 모두 반겼다. 일손이 늘어나는 것만큼 화전민들에게 반가운 소식은 없었기 때문에. 사람들은 이석우를 환영하자며 날을 잡고 술을 받아와 방아다리 약수터로 소풍을 갔다. 화전민 부락의 부부동반 야유회 같은 소풍이었다. 이날 주대하는 집에서 막내 딸 승자를 낳았다.

노동리의 옛집은 다행히 비어있었다. 만약 누군가 들어가서 살고 있다면 화전민들의 관례상 소유권을 주장할 수 없었다. 분쟁이라도 발생하면 관이 개입해 화전 자체를 없애려 하기 때문에 그런 면에서 모두 갈등 없이 평화를 지켜내야 했다. 이석우 가족들은 돌아온 노동리에서 새로운 삶을 시작해야 했으나 실상은 익숙한 삶이기도 했다. 달라진 것이라면 떠날 때 없었던 두 아이와 재봉틀이 생겼다는 것 정도였다.

학관이의 학교가 석우의 골치를 썩였다. 본인이 학교를 가 본 적이 없었으므로 어떻게 처리해야 하는지도 몰랐다. 직접 나서자니 관공서 자체가 부담이었고 그렇다고 학교를 안 보낼 수도 없었다. 글 읽는 실력은 적어도 초등학교를 졸업해야 가능하다는 자신의 생각을 고치려고 해 보았다. 석우는 자신이 아는 글자들로 이루어진 비료 포대를 들고 와 학관에게 물었다. 혹시 제대로 읽는다면 학교는 대충 보낼 생각이었다.

"야, 학관아. 너 이거 한번 읽어봐라."

복구

이석우가 모아둔 재산을 거의 다 도박으로 탕진한 채 노동리로 들어왔을 때 그에게는 또 다른 자산이 조금 남아 있었다. 노동리 윗삼거리까지 삼륜차가 이삿짐을 부리고 돌아갔을 때 노동리 사람들이 이석우의 이삿짐을 옮겨주려다 고구마를 발견한 것이다. 원평리에서 팔다 남은 고구마 세 가마니를 싣고 왔는데 노동리 사람들이 이걸 보고 환장을 했다.

그로부터 일주일도 안 돼 이석우의 고구마는 반 가마니도 남지 않았다. 대신 방 한 칸은 노동리 화전민들이 경작한 옥수수와 감자로 가득 채워졌다. 고구마와 맞바꾼 결과였다. 이로써 이석우는 1963년 여름에 들어와 이듬해 봄까지 식구들을 굶기지 않아도 됐다.

1964년에, 노동리에서 10킬로미터 가량 떨어진 곳이 있던 속사국민학교가 노동리의 어린이들을 교육시키기 위해 아랫삼거리 부근에 계방분교를 설립했다. 그리고 학생들을 모집한 것이다. 이석우는 장남 학관이를 학교에 가라고만 했지 행정적인 도움은 전혀 주질 못하고 있었다. 보다 못한 아내 주대하가 나서 학관이를 데리고 속사국민학교로 갔다. 학교에서는 이학관의 전학 서류를 꾸며 행정적인 절차를 마무리하고 속사 국민학교 계방분교 학생으로 받아들였다. 문제는 몇 학년으로 편입시키느냐는 것이었다. 3학년 시험지를 내주자 학관이는 이름만 겨우 썼을 뿐 한 문제도 제대로 풀지 못했다. 학교는 그래도 나이가 있으니 3학년에 넣겠다고 결정했다. 보호자로 같이 온 어머니 주대하 역시 아무런 말을 할 수가 없었다.

그러나 문제는 또 있었다. 학관이의 아버지나 어머니, 게다가 할머니까지 학관이의 등교에 관심을 두지 않았다. 학교를 가려면 10킬로미터가 넘는 길을 걸어야 하니 새벽밥을 먹고 나서야 했는데 집에 올 때면 해가 지고 있었다. 점심시간에 끝나는 저학년들은 도시락을 싸 가는 것도 아니어서 학관은 몹시 힘든 등교를 해야만 했다. 그러나 아무도 관심을 가져주지 않자 2, 3일에 한번 꼴로 학교에 가다 말고 개울가에서 놀다 오곤 했다.

학관의 아버지 이석우도 키워놓은 아들을 농사일에 써야 하는데 자꾸 학교로 가버리는 게 여간 아쉽지 않았다. 그는 수시로 학관이를 데리고 일을 시켰다. 그 결과 학관이의 학년 진급은 되던 해가 있었는가 하면 여전히 같은 학년에 머물 때도 있었다. 공부에 대한 흥미도 가질 수 없을 지경으로 방치됐던 것이다.

이석우가 어느 정도 노동리에서 다시금 자리 잡을 정도가 되었을 때는 이사를 오고도 3년이 지난 1967년경이었다. 한 번 재산을 축낸 뒤 수습을 하고 잘나가던 수준은 아니지만 생존에 큰 걱정이 없는 수준까지 회복하는 데에는 정말 많은 노력과 땀이 필요했다. 그만큼 술과 도박도 절제를 했다. 가끔 장에 나가 등잔에 쓸 석유와 필요한 옷가지를 구하려 할 때에도 어머니 강 씨를 모시고 가려 했다. 이미 할머니가 되어 버린 강 씨는 힘들다며 마다하지만 이석우는 언제나 같이 가기를 원했다.

열세 살이 된 학관이는 제법 일을 잘 했다. 또래들에 비해 늘씬하게 키가 자란 학관이를 이석우는 소처럼 부렸다. 대신 일곱 살의 둘째 아들 승복이는 끔찍이 생각했다. 1967년 봄이 오자 여전히 볼에 젖살이 통통했던 승복이를 학교에 보내겠다고 선언한 사람도 아버지 이석우였다. 속사분교에 다니게 되자 학관이와 승복이는 함께 학교를 다니는 친구처럼 지냈다. 아버지 이석우는 승복이가 매일 학교에서 무얼 배우고 오는지 이야기를 듣는 새로운 낙이 생겼다.

어느 날 이석우는 아랫마을을 들러 대패와 망치 등 목공구를 빌려다 책상을 짜기 시작했다. 사흘을 걸려 만든 앉은뱅이 책상으로 서랍까지 붙어 있었다. 석우로서는 난생 처음 가구를 짜 본 셈이었는데 예상외로 잘 나와 주어 기분이 좋았다. 그는 기뻐하는 두 아이들에게 "너희들 공부 잘하란 말이다." 라고 말했다. 학관이에게는 처음으로 공부 잘하라는 말을 해준 것이다.

부모의 관심이 아이를 성장시킨다고 했던가. 이승복은 학교에서도 열심이었다. 그림이면 그림, 노래면 노래, 산수면 산수를 열심히 배웠다. 그리고 집에 오면 배운 것으로 집안 식구들 앞에서 한바탕 떠들곤 했다. 그런 승복이를 아버지와 어머니는 대견스레 봐 주었다.

7장

악령(惡靈)의 씨

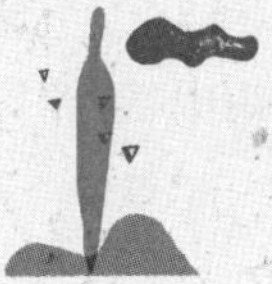

하지만 북한은 달랐다.
조선시대 성리학의 영향을 받아서인지는 몰라도
북한의 당조직지도부는 철저한 교조성을 띠었다.
이 교조성이야말로 근본주의를 바탕으로 삼는
전체주의 정치문화의 자양분이었다.
북한의 철저한 교조성이 실상 악의 체제를
유지시키고 성장시키는 동력이 됐다.

김상호의 전쟁

다시 북한의 김상호 집안 이야기로 돌아가 보자.

1950년 11월, 중공군이 개입한 뒤 평안북도 선천군 일대는 더 이상 지상에서 국군과 유엔군을 피해 다닐 일은 없었다. 그러나 휴전 때까지 공습은 무자비하게 계속됐다. 그 무렵 북한 내륙에 거주했던 사람들은 미 공군의 폭격으로 네이팜탄이 만들어내는 불바다를 가장 큰 전쟁의 공포로 받아들였다.

그 전쟁기간 동안 김상호는 큰 아들 익화의 안전을 도모하는 데에는 성공했다. 또한 자신과 비슷한 처지의 이웃집 4대 독자의 징집도 피하게 만들었다. 그 일은 큰 아들 익화처럼 병원 진단서로 해결되지 않았다. 다행히 영장을 받은 아이는 이장 김상호와 이름이 같았다. 김상호는 이 점을 이용했다. 그는 영장이 나오면 자신이 대신 나가서 신체검사를 받았다. 40대 후반의 나이에 영장이 나왔노라며 터덜터덜 신검장으로 나오면 검사관은 그 자리에서 고향으로 돌려보냈다.

이 일은 한번으로 그치지 않았다. 전선이 고착화되고 병력 소모가 늘어날수록 빈번하게 영장이 나왔고 그때마다 김상호는 똑같은 방법으로 선천군청으로 가서 신체검사를 받고 불합격자가 돼 돌아오곤 했다. 그 날도 가족들에게 "나 신체검사 받으러 간다"면서 집을 나섰다. 모두 알만한 일이어서 아무 걱정도 하지 않았다. 그런데 다음날 저녁, 돌아와야 할 김상호가 돌아오지 않았다. 걱정이 태산 같았지만 대놓고 물어보며 찾을 수 없었다. 그저 마음속으로 빌면서 무사히 살아 돌아오기를 기다리는 수밖에 없었다. 아내 박순금은 새벽에 장독대에 정화수를 떠 놓고 몰래 빌곤 했다.

보름 쯤 지나자 가족들은 비통한 마음으로 체념하기 시작했다. 할아버지부터 어머니까지 "마음을 모질게 먹고 살아야 헌다."면서 더 이상 말이 없었다. 아이들도 기가 죽어 있었다. 그때 난데없이 편지 한 통이 날아들었다. 가족들은 모두 가슴이 철렁했다. 군에 입대한 둘째 익선이가 전사통지서로 날아온 것은 아닌가 생각한 것이다. 누런 봉투를 살펴보니 '하전사 김상호'라고 적혀 있는 게 아닌가. 안도의 한숨과 희한한 사건에 대한 궁금증으로 봉투를 개봉했더니 '면회를 와 달라'는 내용이었다. 김상호가 소속된 부대는 평안북도 창성군이라고 되어 있었다.

박순금은 먼 곳을 다녀올 일이 생기면 주로 둘째아들과 함께 했다. 그러나 지금은 전선에 나가 있고 큰아들은 지하에 숨어 살아야 하니 결국 열두 살 먹은 익풍이를 데리고 남편 면회를 다녀와야 했다. 그녀는 어렵게 쌀을 빌려와 떡을 찌고 닭을 잡아 훈제를 해서 보자기에 쌌다. 그러는 동안 아들 익풍은 자신이 고대하던 순간이 오게 되었다며 들떴다. 용감무쌍한 인민군 하전사 놀이에 열중했던 익풍은 군복 입은 아버지를 만나게 되면 제일 먼저 아버지의 허리춤에 꽂혀있을 권총을 꺼내보는 것이 소원이었다. 잘만 하면 총알을 넣고 진짜 총을 쏘아볼 수 있을지도 모른다. 그렇게 되면 적어도 학교에서는 자기를 따라올 놈들이 없는 것이다.

새벽에 시아버지의 배웅을 받으며 선천역에서 기차를 탄 모자는 정주역에서 내려 다시 고성군으로 가는 열차를 갈아

탔다. 이들은 고성군에 내려서 네 시간을 기다린 끝에 트럭 뒷칸에 올라타고 창성군 태란강 어귀의 마을에 도착했다. 벌써 밤이 온 것이다. 모자는 여행증명서를 보여주고 여관에서 하룻밤을 보냈다. 이들 모자가 김상호를 만난 것은 다음날 점심 무렵이었다.

수많은 말들이 풀을 뜯고 있는 초지에서 만난 김상호는 중공군과 비슷한 솜으로 만든 옷을 입고 있었지만 모자도 계급장도 없었다. 당시 사회주의 종주국이었던 소련이 김일성에게 전쟁지원 물자를 제공하면서 동맹국들에게도 전쟁물자 제공을 강요했었다. 그때 동맹국이던 몽골은 말을 제외한 그 어떤 것도 내놓을 것이 없었고 결국 수 만 필의 말을 북한에 제공한 것인데, 김상호는 여러 사람들과 같이 이 말을 키우고 관리하는 일을 하게 된 것이다.

"맨날 나이 많은 거 보고나면 집으로 가라더니 그 날은 글쎄 나이가 많은 걸 보더니 차에 타라는 거 아이겠소. 그래, 하는 수 없이 탔더니 이리 오게 된 거지."

"아부지, 총은?"

"총은 무시기 총? 여기서 말 키우는 게 일인데."

"익화 아부지, 아까 올 때 보니 다리를 절던데 많이 아프오?"

"아, 이거… 씨부랄 것… 말에 채여서리 다리가 부러졌는데 잘못 붙이는 바람에… 이제 다 붙긴 했으이 너무 염려 마오. 내레 일 없시오."

그날 익풍은 큰 실망을 겪어야 했다.

김상호는 휴전이 되기 6개월 전에 제대군인이 되어 집으로 돌아왔다. 정전협정으로 휴전이 성립되고 얼마 뒤 김상호는 우편물 한 통을 받았다. 둘째아들 김익선의 전사 통지서였다.

〈전사일 : 1953년 7월 20일

장소: 강원도 고성군 고성 고지 탈환 전투에서 영광스런 조국해방을 위해 열렬히 싸우다 장렬히 전사함〉

전사자 가족

김상호의 둘째 아들 김익선의 전사로 집안 전체가 전사자 가족으로서 배급이나 직장 배치는 물론 그 외 여러 형태의 혜택을 누리게 됐다. 장남 김익화의 군 입대 기피혐의는 덩달아 사라졌고, 건강을 회복한 김익화는 평양외국어대학교 러시아어 교수로 채용됐다. 특히 그의 부인은 의과대학을 나온 의사였다. 조상 대대로 소작인으로 살아온 김상호의 집안은 의사며느리를 들일 만큼 활짝 피고 있었다. 게다가 막내아들 김익풍은 중학교 때부터 수학에 두각을 나타내주어 노동당에서도 관심을 보였다.

남한에서 5·16이 일어났을 때 김익풍은 평양 대원대학교 물리학과로 진학했다. 보통 농촌 지역출신의 고등학교 졸업생들은 농업관련 대학이나 농장에 배치되지만 그는 평양에 교수로 진출한 큰 형과 의사였던 형수의 도움으로 엘리트 코스로 나갈 발판을 마련한 것이다.

그런 그가 영장을 받은 것은 1962년이었다. 당시 북한은 군대를 다녀오지 않으면 사람 구실을 할 수 없는 사회가 되어 있었다. 남자로서 군복무 기록이 없다면 직장배치, 식량 배급, 생필품 배급, 의료혜택 등 모든 면에서 최하수준에 머물러야 했다. 특히 결혼할 여성조차 당에서 같은 급의 여성과만 결혼을 허락함으로써 그들의 2세에게조차 부모의 성분이 이어지도록 했다. 북한의 모든 여성들이 군필자를 선망하게 만든 것이다.

입영전야

김익풍은 영장이 나온 날 기쁨에 겨워 집으로 달려가 외쳤다.

"어마니, 아바지, 낼 모레 신체검사 가요."

김익풍은 부모님이 자신처럼 기뻐해 줄줄 알았다. 아버지는 익풍의 말에 표정이 굳어지면서도 말은 거꾸로 "축하한다. 축하할 일이네."라고 했다. 뭔가 말 못 할 사정이 있다는 것을 익풍은 느끼고 말았다. 실제로 김일성 체제에서 15년째 살아본 김상호로서는 알 것 모를 것 다 알고 있었던 것이다.

김익풍이 군입대하기 전날, 김상호는 익풍을 부르더니 앞에 앉혀놓고 의미심장한 말을 했다.

"익풍아, 네가 운동도 잘하고 남들보다 체격도 좋으니 뭐든 못하겠냐마는, 의무복무 7년 동안 애써 특수부대 같은 데는 가질 말았으면 한다. 그저 몸 성히 다녀왔으면 좋겠다."

김상호가 말하는 '특수부대'란 '남파공작원'을 뜻했다. 대동리에서도 특수부대로 차출된 가정들이 제법 있었다. 처음 그 집안들은 배급 순위가 상승했고 주위로부터 부러움을 샀다. 그러다 어느 날 갑자기 집안 식구 전체가 보이지 않곤 했다. 누구는 평양시로 이사를 가게 돼서 팔자를 고쳤다고도 하고 또 다른 이는 중대한 실책을 범해서 수용소로 끌려갔다고도 했다. 하지만 뒷이야기는 딱 한번 지나가는 말처럼 들었을 뿐, 확인되지 않는 불순분자들의 헛소리 같았다. 김익풍이 성장하면서 본 바로는 '특수부대'로 차출되는 것 자체가 로또 복권에 당첨된 것과 마찬가지였다. 가족들은 대체로 애국열사 집안으로 격상되고 자녀가 있는 경우 당에서 직접 차로 데려가 북한의 최고 명문대학인 평양의 만경대학원에 입학시킨다고 들었다. 이정도면 특수부대든 남파공작원이든 가릴 바가 못 됐다. 김익풍이 아버지의 그 말에 어떻게 대답할지를 궁리하는데 아버지 김상호는 자리에서 일어나며 이렇게 말했다.

"난, 오늘 일이 있어서 밖에서 자고 온다. 넌 집에서 엄마하고 자거라."

익풍은 목젖이 콱 메여왔다. 그게 무엇때문인지는 잘 모르겠으나, 아버지에 대한 연민의 감정이 솟아난 것만은 알 것 같았다. 그날 집안은 어머니와 김익풍 단 둘만 남게 됐다. 헌데 어머니 박순금은 부엌에서 물을 받아 목욕을 했다. 김익풍은 묘한 감정을 느꼈다. 둘째 아들을 전선에 내보내 두 번 다시 보지 못하게 되고, 이제 막내아들조차 군에 보내야 하는 부모의 입장에서는 살아생전 마지막이 될지 모르는 그 순간에 무엇이든 다 해주고 싶었을 것이다. 아직 숫총각이던 김익풍은 어안이 벙벙한 채 이부자리에 들었다.

십분 쯤 지났을까. 맨 몸이다시피 한 어머니가 익풍의 이불 속으로 들어왔다.

"오늘은 애미하고 자자."

"예…"

그날 밤 익풍은 철들고 처음으로 어머니의 젖가슴을 만지다 잠이 들었다.

김익풍이 입대했던 1962년에 북한에서는 최초의 공수특전단인 미림공수부대를 창설했다. 출신성분도 좋은 데다 대학을 다니다 왔고 특히 기계를 잘 다룰 수 있는 물리학을 공부했으며 운동 또한 남들에게 뒤지지 않았으니 상급기관들은 처음부터 김익풍 전사를 눈여겨보았다. 신병훈련을 마친 뒤 자대배치를 받을 때 김익풍은 미림 공수부대 무전병으로 뽑히게 됐다.

그는 이 부대에서 낙하산을 메고 전투강하 훈련을 무려 50여회나 거쳤다. 무전기 다루는 솜씨와 권투 등 격투기에서도 압권이었다. 강원도 원주시 원평리에서 이석우가 고구마 농사로 재미를 보다가 노름방에서 다 털리고 있을 때였다.

특수부대로 차출되다

1964년이 되자 김익풍은 하전사로 진급해 있었는데 월남전이 터졌다. 북한의 철천지 원쑤 미국이 월맹을 폭격하기 시작했는데 뒤이어 남조선 국방군이 3개 사단을 빼내서 월남에 파병한다고 했다. 이무렵 김일성은 남한에 침투해 비합법투쟁(게릴라전)을 전담할 정찰 부대를 육성하기 시작했다. 인민군 당국으로서도 김익풍 같은 재원이 필요해진 것이다.

노동당 직속의 대남연락국 임무를 수행하는 '283부대'가 창설되면서 미림 공수부대원 김익풍은 차출됐다. '283부대'는 남한에 잠복중인 고정간첩들을 접선하고 임무에 따라서는 그를 대동해서 월북해 돌아오는 임무가 전문이었다. 이 부대원으로 작전 중 사망할 경우 가족들은 모두 '애국열사의 가족'이 된다. 물론 임무를 마치고 무사히 귀환할 경우 '영웅' 메달을 수여받는다. 김익풍 같이 총각인 경우 제대하여 사회로 복귀할 때는 그의 높은 점수를 군당비서가 관리하면서 동급의 처녀와 결혼을 주선하고 주택 및 식품과 학교 등 모든 면을 배려하게 돼 있다. 대신 남파되었다가 남한에 자수하게 되면 그의 가족들은 모두 생사불명이 되어 버린다. 따라서 적과 대치중 체포되어 고문 끝에 실토 할 경우엔 가족들의 생사를 알 수 없게 되고 반대로 적과 대치중에 자살해버리면 애국열사로 인정받는다. 당연히 가족들도 특진하는 셈이다. 그러니 '283부대'로의 차출은 북한의 남성으로서 최고의 영광을 누릴 기회를 가진 셈이었다.

고된 훈련들은 모두 능동형 훈련이었다. 강제로 시키지도 않았으며 구타나 욕설도 없었다. 교관들은 이미 남한을 여러 차례 침투해 임무를 완수한 영웅들이었다. 그들의 노하우를 후배들에게 자상하게 가르쳐주는 것이다. 살아서 돌아와야 애국열사로서의 최대한의 영광을 누리게 되니 모든 구성원들이 자발적으로 훈련에 임했다. 쉬는 시간이나 일과가 끝나고 개인정비 시간이 되더라도 전투기술을 습득하기 위한 반복훈련을 스스로 하곤 했다. 그런 훈련원들에게 개인별 신상조사가 진행됐다. 사상, 가계, 출신성분, 신체조건, 학력, 전투능력, 등등이 주도면밀하게 파악되어 상부로 보고되었다. 김익풍은 단연 발군이었다.

노동당은 김익풍을 곧장 노동당 당원으로 가입시켜 주었고 동시에 장교인 군관으로 임관시켜 주었다. 김익풍은 6개월 과정의 속성 군관강습소를 거쳐 인민군 소위 계급장을 단 '정치부 소대장'이 된 것이다.

북한에서 일반 조직의 경우 '세포위원장'이란 직제가 있는데, 이것이 군대로 가면 '정치부장교'가 된다. 이들은 노동당원이면서도 노동당의 2중 구조인 '조직지도부'의 통제를 받는다. 19세기 근대과학의 영향을 받은 공산당의 조직이론은 인간 조직을 유기체로 보고 조직 구성원을 하나의 세포로 간주했다. 세포가 모여 조직이 구성된다고 본 것이다. 이에 따라 당원(조직원)은 세포가 되고 그 세포가 셋 이상 모이면 '당 세포'가 결정되며 여기에는 반드시 '당 세포위원'을 두게 했다. 이 사람이 조직을 지휘하고 통제하는 것이다. 겉으로는 당 대표가 실권자처럼 보이지만 당 조직지도부의 지시를 받는 '세포위원장'들이 구성원의 사상검열을 하게 됨으로써 결국 실권자는 당 세포위원장이 된다. 이것이 노동당의 2중구조인 것이다.

군대의 조직도 마찬가지였다. 공산권의 모든 군대조직은 지휘관 옆에 부(副)지휘관이 있는 2중 구조를 갖는다. 부사단장, 부연대장, 부대대장, 부중대장 등이 그것이다. 이들은 평시에는 차상급자로 활동하는데 민간부분의 경우 부지배인, 부소장, 부부장 등의 직함이다. 평소 이들은 지배인이나 소장, 부장을 보좌하지만 매주 한 번씩 열리는 조직 내부의 정치사상 검열시간에서만큼은 이들이 실권을 쥔다. 그때는 지배인이나 소장이나 심지어 군대의 지휘관조차 평당원이나 일반 사병과 동급이 되어서 혹독한 사상비판을 받아야 하는 독특한 조직 제도이다. 연대장도 사상검열 시간에는 이등병과 동등한 위치로 가야 한다. 대신 부연대장이 엄격한 심사를 한다. 그가 바로 '정치 장교'이다. 물론 이 사상검열은 공정성이 생명이다.

소련과 동구권뿐 아니라 중국도 마찬가지로 이 제도를 북한보다 먼저 적용했으나 결국 동구권은 붕괴됐고 중국도 개혁개방으로 변형됐다. 하지만 북한만은 개혁개방의 가능성이 거의 없는 채로 버틴다. 그 비결은 바로 이 조직지도부(군에서는 정치부)의 존재 때문이다. 왜 북한에서만은 이 제도가 살아남았을까. 그것은 소련과 중공을 포함한 동구 사회주의권의 조직지도부가 북한만큼 교조적이지 못해서였다. 동구 사회주의권의 공산주의자들 대부분은 민주주의의 직간접적인 경험을 가진 바 있었다. 그들은 최소한의 교조주의를 거부할 개인

주의와 자유주의의 경험과 의지의 싹을 갖고 있었다. 동시에 당의 명령에 복종하는 인민들 역시 집단 저항의 무의식적 경험을 갖고 있었다. 그들은 말도 안 되는 교조성을 그들 스스로 거부하려 애썼고 이로 인해 정치부 장교로 하여금 개개인의 사상을 철저하게 통제해서 전체주의 체제를 완성시킨다는 레닌의 구상에 금이 가게 되었다. 이 금이 커다란 조각으로 박살 난 것이 사회주의권의 붕괴였다.

하지만 북한은 달랐다. 조선시대 성리학의 영향을 받아서인지는 몰라도 북한의 당 조직지도부는 철저한 교조성을 띠었다. 이 교조성이야말로 근본주의를 바탕으로 삼는 전체주의 정치문화의 자양분이었다. 북한의 철저한 교조성이 실상 악의 체제를 유지시키고 성장시키는 동력이 됐다. 김익풍은 바로 그 조직지도부에 발탁되어 정치장교인 정치부 소대장으로서 군 생활을 계속하게 된 것이다.

124군부대

1964년 가을에 김익풍은 처음으로 휴가를 갈 수 있었다. 그는 정치부 장교였으므로 일반 장교들과 달랐다. 계급장은 어찌할 수 없지만 복장은 고급 양복기지가 사용된 장교 정복 차림이었다. 일반장교들은 상의가 바지 속에 들어가는 정복에 권총을 차게 된다. 하지만 정치부 장교들은 상의가 밖으로 나오는 정장차림이었다. 한눈에 보기에도 정치부 장교들의 권위가 다르게 해 둔 것이다. 그의 아버지 김상호가 익풍을 보고는 웃음을 지었지만 한숨도 같이 내쉬었다.

휴가를 다녀온 다음, 김익풍 소위는 3명 1개조인 정찰조의 조장으로서 휴전선을 넘어 임진강 일대의 도로망과 검문소 및 초소의 위치 등을 파악하고 귀환했다. 그는 전투능력뿐 아니라 부모로부터 물려받은 인품으로 부하들의 실책에 대해 온정을 베풀면서도 임무수행에는 빈틈이 없었다. 이로 인해 부하들의 상급자 평가도 늘상 좋은 편이었다. 김익풍은 그 후 2번이나 더 휴전선을 넘어 남한 땅을 정찰하고 돌아갔다.

1965년 6월, 2,000명 규모의 283부대에서 김익풍 소위가 훈련에 매진할 때 같은 부대 소속의 노성집 대위, 이재영 대위, 우명훈 대위가 비밀리에 차출됐다. 이들은 7월 18일, 경기도 송추 계곡에서 고정간첩과 접선하고 있었다. 임진강을 건너 송추까지 침투하는 데 성공한 이들은 그러나, 고정간첩망을 추적하던 남한의 경찰 대공수사관들에 의해 포위망에 갇히고 말았다.

수사관들이 이들을 검거하려던 순간 이재영과 우명훈은 권총을 뽑아 사격하면서 그 자리에서 탈출했고 노성집만 수사관의 타격에 정신을 잃고 체포됐다. 당시 군부대와 경찰이 총격을 가하며 추격했으나 이들은 천신만고 끝에 임진강을 다시 건너 북쪽으로 생환하는 데 성공했다. 특히 이재영은 경찰이 응사한 권총탄에 복부를 관통당하고도 살아남아 북상에 성공했다.

이 작전을 보고받은 김일성은 이들 두 사람을 특진시킨 뒤 이듬해인 1967년 4월 본격적인 특수전을 시행할 목적으로 124군부대를 창설하면서 이재영을 부대장으로, 우명훈을 제6기지장으로 임명했다. 124군부대는 283부대의 특성을 보다 발전된 개념으로 구성한 부대였다. 283부대가 은밀히 침투해 소기의 목적을 달성하고 조용히 빠져나오는 이른바 반합법(半合法) 전술부대라면 1기지부터 8기지까지 편성한 124군부대는 각 기지별로 남한의 8개 도 중 하나를 전담하고 집중 타격 훈련을 통해 게릴라전을 구사하는 비합법(非合法) 전술부대였다. 이때 제6기지는 서울과 경기도 일원이 전담 지역이었는데 여기서는 김신조 소위도 훈련 중이었다.

김신조를 포함한 31명의 124군부대 게릴라들은 국군 26사단 마크가 부착된 복장에 체코제 피피 기관단총과 대전차 수류탄 등으로 무장한 채 1968년 1월 13일 황해도 사리원을 출발해 1월 17일 야간에 미 제2사단이 경계중인 전방 고랑포 부근 남방한계선을 넘어 남한 땅으로 침투하는 데 성공했다. 이들은 야간 산악행군만 계속하면서 1월 19일 새벽에는 경기도 파주군 탄현면 법원리 삼봉산 부근에 도착했다.

이들이 휴식을 갖던 중 인근에 살면서 나무를 하러 나온 우씨 4형제와 맞닥뜨렸다. 그날 낮, 31명의 공비들은 우 씨 4형제를 두고 죽일 것인지, 살려둘 것인지를 표결에 붙였다. 반대한 공비들이 많았는데, 언 땅이라 4명의 시체를 파묻기가 어렵다는 이유에서였다. 공비들은 이들의 인적사항과 자기들이 차고 온 외국제 손목시계를 교환하고 신고할 경우 보복을 당할 것이라는 각종 협박을 한 뒤 야음을 틈 타 출발했다.

그날 밤 9시 무렵, 구사일생으로 살아나온 우 씨 형제들은 의논 끝에 용기를 내어 법원리 창현 파출소에 신고를 하게 된다. 이때부터 군경의 추적이 시작되었지만 공비들은 항상 예상보다 앞서 나갔으며 당시 한국군의 작전개념으로는 그 시간에 주파가 불가능한 산악행군속도로 달려가고 있었다. 공비들은 이틀 동안 군과 경찰의 봉쇄망을 뚫고 진입해 1월 21일 오후 8시 경 청와대 옆 청운중학교 부근까지 도달했다. 이때 종로경찰서의 정종수 순경과 최규식 서장이 총격전에서 희생을 당했고 다음 날인 1월 22일 새벽 3시경 김신조 소위를 생포할 수 있었다. 당시 공비소탕 작전은 1월 31일까지 계속됐고 공비 29명 사살, 1명 생포, 1명 도주로 작전이 종료됐다. 남한 측은 군·경·민을 합쳐 총 26명이 사망했고 66명이 부상당하는 만만찮은 피해를 입었다.

김익풍은 자신의 부대 동료들이 거행한 작전임에도 비밀에 붙여진 터라 이런 사실을 알 수 없었다. 김익풍 소위를 포함한 15명 1개조가 선발된 것은 1968년 5월이었다. 당시 김익풍은 8월 이전에 출동할 것으로 예상했다. 침투작전은 녹음이 우거진 여름에 흔적을 감출 수 있어 최적인 반면 눈밭을 통과해야 하는 겨울은 최악이었기 때문이다. 그 무렵 김익풍은 모르고 있었지만 다른 지대에서도 똑같이 15명 1개조씩 작전 팀을 선발해 훈련을 계속하고 있었다. 당시 북한의 124군부대는 8개 기지에서 엘리트 장병을 차출해 총 120명 8개조를 준비 중이었다.

김익풍을 포함한 작전 팀이 훈련받을 때 김신조와 함께 침투했다가 유일하게 혼자 귀환한 박재경 상좌가 교관으로 나타났다. 그는 1·21사태의 실패의 원인을 분석해 주면서 "우연히 만난 자라도 반드시 살해해야만 동료들이 안전해지고 작전을 성공시킬 수 있다"고 강조했다. 이런 방침이 굳어지자 정치부 소대장들의 임무가 하나 더 늘어나게 됐다. 남한 사람들을 얼마나 잔인하게 살해하느냐가 당성과 사상성을 보장하는 새로운 기준이 되었고, 그것을 검열하는 새로운 임무가 추가된 것이다.

울진·삼척 침투사건

훈련이 계속됐지만 한동안 출동명령은 내려오지 않은 채 9월이 지나고 있었다. 김익풍은 추워지기 시작하면 더 이상 금년엔 작전이 어려워지므로 이듬해로 넘어가는 줄 알았다. 그러던 중 10월 20일, 김익풍의 작전조에게 출동명령이 떨어졌다. 김익풍도 모르게 다른 작전조들에게도 명령이 하달됐다. 이들은 원산항으로 각기 다른 날 출발했으며 10월 30일

2개조 30명, 11월 1일 2개조 30명, 11월 2일 4개조 60명이 동해안의 울진과 삼척 사이 나곡리 고포 해안으로 침투했다. 사흘간에 걸쳐 120명이 침투했지만 국군은 그런 사실을 까맣게 모르고 있었다.

김익풍은 남파 직전 1계급이 특진되어 중위 계급장을 달고 있었다. 그가 정치부소대장으로 침투선박에 승선했을 때 이미 그 속에는 다른 1개조 15명이 앉아 있어 놀랐다. 이들이 출항한 뒤에 똑같은 성능을 가진 침투선박 한 척이 뒤따라 내려갔는데, 그 배에도 30명 2개조가 타고 있었다. 그날 하루에 60명이 상륙한 것이다.

이들은 나곡리 고포 해안을 몰래 상륙해 내륙으로 진입하는 데까지는 성공했으나 다음날부터 국군의 수색작전에 쫓기는 신세가 된다. 공비들은 서로 같은 배를 타고 오지 않은 이상 전부 몇 명이 침투했는지를 자기들도 몰랐다. 그들은 강원도 내륙으로 깊숙이 들어와 지하당을 건설할 사람들을 물색하거나 위조지폐를 건네면서 환심을 사는 작전을 했다.

11월 3일 새벽, 나흘 전에 상륙했던 2개조 공비 30명은 고수동의 화전민 부락을 기습해 선무공작을 했다. 이 와중에 자신들의 투철한 사상성을 입증하고 마을 청년들을 겁주기 위해 시범적으로 한 청년을 잔인하게 죽였다. 겁에 질린 나머지 주민들에게는 신고할 경우 일가족을 다 몰살한다는 협박을 하고 공비들은 그 자리를 떠났다. 그날 오후 1시 30분 경, 고수동 화전민 부락에 살던 한 청년이 용기를 내어 울진군까지 달려가 울진경찰서에 신고를 함으로서 비로소 국군과 경찰에 비상이 걸렸다.

김익풍이 속한 조는 15명으로 활동했는데 이들도 침투한 지 이틀 뒤인 11월 4일에 화전민 독가촌을 습격해 선무공작을 하고 다음 작전지로 이동했다. 그러나 고수동에서 신고가 접수되고 군경에 비상이 걸리자 작전사령부가 있던 평양에서는 김익풍 등 남파 공작원들에게 '평양으로. 평양으로'라는 단파 메시지를 무전으로 보내 급히 월북할 것을 지시했다.

작전지도를 하기도 했던 김익풍은 이번 작전은 애초부터 잘못된 것임을 알아차렸다. 계절은 초겨울로 접어들어 울창하던 산림은 앙상한 가지만 남아서 산을 타더라도 은폐가 거의 불가능했다. 더구나 1주일 작전을 예상하고 현지 주민들의 환대로 식량 등을 보급 받을 수 있다는 정보를 토대로 들어왔으나 현실은 정반대였다. 현지 주민들 거의 전부가 비협조적이었던 것이다. 특히 11월 2일 함께 침투한 1개조 이외에 또 다른 조들이 작전을 하고 있다는 느낌을 받은 김익풍은 전황 전체를 그릴 수가 없었다.

11월 5일 새벽 2시경 김익풍과 조원들이 강원도와 경상북도 경계지역을 통과하다가 매복중인 국군의 기습을 받았다. 반사적으로 대응사격을 하며 피하던 그는 30미터 벼랑 아래로 굴러 떨어졌다. 이 와중에 배낭이 벗겨져 달아나고 탄창 두 개와 대검, 권총 그리고 피피 기관단총만 남게 됐다. 기습을 받고 대열이 와해된 조원들은 이미 지나왔던 2킬로미터 이전 지점을 재집결지 삼아 헤쳐 모였는데, 재집결지에 모인 조원들은 절반도 채 안 되는 7명뿐이었다. 그 중 한 조원은 총을 분실한 채 돌아왔다.

이날 밤부터 김익풍과 남은 대원들은 무조건 북쪽으로 달려야 했다. 하지만 국군이 도처에 매복을 펼치고 있어 속도를 내기 어려웠다. 낮에는 비가 내려 몸을 젖게 하더니 밤에는 기온이 급강하했고 길은 빙판으로 변했다.

11월 6일 새벽 김익풍과 조원들은 울진군을 관통해 삼척군으로 북상 중이었다. 다른 7개조 공비들도 각자 루트를 찾아 북상 중이었고 곳곳에서 국군과 총격전을 벌이며 피 튀기는 추격과 도피가 계속됐다.

전투

해가 뜨면 사실상 이동은 금지였다. 특히 잎이 다 떨어진 나무들 사이로 움직이는 물체는 전부 국군 수색대에 발각될 처지였다. 무엇보다 전투가 벌어지기 시작할 무렵부터 하늘에서는 주한미군이 지원한 UH-1H 헬기가 기관총을 쏘아대며 나타났다. 공비들에게는 낯선 장면이었다. 10년 가까이 무수한 침투와 전투를 해 본 고참 조원들조차 헬기와의 전투는 상상조차 해본 적이 없었다. 그들에게 헬기는 공포 그 자체였다. 그럼에도 매복과 추위로 야간이동이 어려워진 공비들은 밤낮을 가리지 않고 틈만 나면 들쥐처럼 재빨리 움직여 포위망을 벗어나려 했다.

8개조 무장공비 120명이 국군의 추격을 받으며 집요하게 북상하고 있을 때 김익풍과 살아남은 조원들은 비가 그친 산의 능선을 타고 가다 은거지 구축을 하던 중이었다. 울진군 서면 삼덕리의 해발 740미터인 세덕산과 바로 이어진 무명고지 능선이었다. 매복에 걸려 총격전을 하면서 도피해 보니 비로소 그들은 훈련대로 대응할 수 없다는 사실을 깨달았다. 살기 위해서는 그냥 되는 대로 해결해야 하는 형편이었다. 이동시에는 반드시 소로길을 피하고 8부 능선을 타라고 배웠다. 실제로 비온 뒤 젖은 낙엽이 깔린 8부 능선으로 이동했다가는 속도도 나오지 않을뿐더러 자칫 가파른 산등성이로부터 미끄러지면 몇 백 미터 아래의 골짜기로 처박히기 십상이었다. 그럴 거라면 아예 소로길을 이용해 달려가는 편이 나았다.

김익풍과 6명의 조원들이 정상 부근의 바위틈을 찾아 낙엽을 끌어 모아 휴식할 자리를 만들고 있을 때였다. 멀리서 미군이 조종하는 헬기 한 대가 근처의 산꼭대기에서 날아올라 북쪽으로 사라지는가 싶더니 10여 분 뒤에 다시 오고 있었다. 그 사이에 헬기가 날아오른 산꼭대기에서는 무슨 일이 있었나.

헬기는 공수특전단 1개 수색팀을 산 정상에 내려다놓고 강릉 비행장으로 돌아가던 상황이었다. 정상에 착륙한 특전대원들이 주변을 관측하다 김익풍과 그 조원들을 발견한 것이다. 특전 대원들은 긴가민가했다. 설마 적지에 침투해 쫓기는 공비들이 대낮에 훤히 보일 수 있는 산 정상에서 저렇게 여러 명이 움직일까 하는 의구심이었다. 이들은 설왕설래하다가 기지로 귀환하던 헬기를 다시 부른 것이다.

돌아온 헬기가 특전 대원들을 태우고 날아오르자 미군 소령인 조종사는 특전 대원들이 가리키는 세덕산 무명고지 상공을 저공비행하며 선회했다. 국군이라면 오인사격으로 피해가 발생할 수 있어 조심해야 했다. 대원들이 헬기 유리창에 볼을 바짝 댄 체 아래를 살펴보았다.

김익풍은 작은 바위틈에 몸을 누이고 낙엽으로 자기 몸을 덮다가 약 1킬로미터 전방 산 정상에서 헬기가 날아오르더니 자기가 누워있는 산으로 다가는 것을 지켜보았다. 기관단총의 유효사거리가 200미터인데 그보다 더 가까이 오고 있는 것이다. 기체의 오른쪽엔 기관총이 달려 있었다. 김익풍은 '저거 쏘면 맞출 수 있겠구나' 하는 생각이 들었다. 그는 기관총을 들어 정조준한 다음 연발로 방아쇠를 당겼다.

헬기 안에서는 엔진 소음으로 정상적인 대화가 거의 불가능했다. 특전 중대장은 부중대장의 귀에 입을 갖다 대고 소리치고 있었다.

"제대로 확인해야 돼. 아군을 잘 못 보고 사격하면 큰일나!"

"예! 잘 알았습니다.!"

부중대장 이효일 중위가 대답을 한 다음 다시 아래를 내려다보려고 유리창으로 고개를 돌린 순간 유리창에 거미줄이 생겨났다. "이게 뭐지?" 하고 다시 보니 거미줄 중앙엔 동그란 구멍이 뚫려 있었다. 총탄구멍이었다.

"중대장님! 공빕니다! 공비가 맞습니다!"

그는 중대장을 향해 고함을 지르면서 손가락으로 거미줄의 구멍을 가리켰다. 순간 헬기의 동체 다른 부분에서도 '탁 탁 탁' 하고 구멍 나는 소리가 들렸다. 공비들의 총탄이 헬기를 공격 중이었다. 조종사는 급상승해 고도를 높인 다음 공비들이 머무는 산 맞은 편 정상 쪽으로 접근해 특전대원들을 강하시켰다.

특전대원들의 강하 지점과 김익풍 조원들이 머물던 지점은 직선거리로 300미터밖에 안될 정도로 가까웠다. 그러나 그건 공중으로 날아다닐 때의 이야기이고, 발을 땅에 대고 이동하려면 서로가 현 위치에서 산 아래로 내려가 다시 맞은 편 산 위로 올라오는 수밖에 없었다. 그 높이가 상당하고 경사가 가팔라 신속한 이동은 불가능했다. 철모를 쓴 특전 대원들이 연발사격이 가능한 카빈M2를 들고 산 아래로 내려가며 공비들을 향해 사격을 시작했다. 공비들도 이들을 향해 총질을 했다. 계곡은 카빈총과 피피 기관단총의 총성으로 뒤섞였다. 특전대원들이 맨 아래까지 구르듯 내려간 다음 김익풍의 병력이 있는 지점을 향해 기어오르자 공비들은 위에서 내려다보며 사격을 가했다. 서로 목소리가 들리는 거리까지 좁혀지자 특전대원들과 공비들이 서로 소리쳤다.

"자수하라! 자수하면 살려준다!"

"개간나 새끼들아! 헛소리 그만하고 죽을 준비나 하라!"

"어이 공비들! 이제 그만 하지, 너희들 다 포위됐어!"

"너희 새끼들이나 아가리 닥치고 살 궁리나 하라우!"

"타타타타타타탕. 타다다다다닥! 타다닥!"

김익풍과 공비들은 공수특전단이 포위망을 좁혀오자 뒤로는 더 갈 수 없게 됐다. 정상부근 절벽 밑에 근거지를 구축한 것이 화근이 됐다. 후퇴할 수 없게 된 것이다. 총격전이 계속되는 동안 김익풍의 부하 대원 하나가 복부에 총상을 입었다. 그는 출혈이 심해지자 스스로 수류탄을 터뜨려 자폭했다. 김익풍 바로 옆의 소대장은 목에 관통상을 입고 붉은 피를 쏟으며 죽어갔다. 진퇴양난의 상황이 되자 김익풍은 돌파식 도피법을 택했다. 정면으로 공격하며 달려가 포위망을 뚫고 산 아래로 내려가 버리는 것이다.

김익풍과 살아남은 대원 네 명은 기관총을 갈기며 산 아래로 내려갔다. 공비들은 포위망을 뚫고 나가는 데 성공했다. 그러나 이번에는 특전대원들이 위에서 아래로 사격했고 공비들은 아래에서 위로 사격하는 공수(攻守)교대가 이뤄진 셈이었다. 문제는 김익풍과 공비들이 내려오다 보니 외곽으로 빠지는 골짜기가 아니라 맞은 편 산으로 이어지는 능선을 탄 것이었다. 이대로는 다시 산 정상으로 몰리게 됐다. 특전대원들의 공격에 대응해 후퇴를 하다 보니 어느새 쌍방의 위치가 다시 바뀌어졌다. 이번에는 공비들이 산 위에서 아래로 사격하고 있었다. 김익풍은 혼잣말로 중얼거렸다.

"옘병할… 이게 머이가. 쌍방훈련도 아니고…"

해가 지고 있었다. 김익풍은 산을 넘어 달아나기로 결정하고 조명탄이 터지기 전에 그 자리에서 신속한 이탈을 시도했다. 그들은 밤새 눈 내리는 산악지대를 헤매듯 빠져나가 달렸다.

흩어져 도피하던 다섯 명의 공비들이 다시 집결해 재대를 편성한 것은 그로부터 만 하루가 지나서 였다. 도중에 처음 보는 다른 조들과도 잠시 만날 수 있었다. 강원도엔 김익풍의 작전조들 뿐 아니라 몇 개의 조들이 쫓기는 중이라는 걸 김익풍은 확신했다.

그날 밤 김익풍과 공비들은 삼척군 동면의 화전민 독자촌을 덥쳤다. 쉰여섯 먹은 화전민 김대경은 아내와 아이들을 삼척읍 외가집으로 보내고 혼자 집을 지키다 공비들의 습격을 받은 것이다. 공비들은 김익풍 정치부소대장의 지시로 김대경의 입에 자갈을 물리고 손을 뒤로 한 채 포박해 방구석에 밀어 놓은 뒤 부엌에서 감자와 옥수수를 삶았다. 원산을 출발한 이후 처음 먹는 따뜻한 식사였다. 부엌에서 옥수수가 삶기는 동안 공비들은 옷장을 뒤져 추위를 막을 만한 옷가지를 꺼내 몸에 걸쳤다.

며칠 동안 세수와 면도를 하지 않아 덥수룩해진 수염에 흘러내린 콧물이 얼어붙었다. 그 얼굴에 다시 귀마개 대신 수건으로 여자처럼 머리를 감쌌다. 어떤 공비는 한복 바지를 덧입고 장갑처럼 양말에 손을 끼워 넣었다. 그걸 본 공비들이 너도나도 양말을 찾아 장갑처럼 착용했다. 귀가 시린 걸 막기 위해 어린아이 바지를 머리에 거꾸로 쓰기도 했고 뒤늦게 껴입을 바지가 없자 주인집 여자의 검정 치마를 두르고 머리에는 여자 속옷을 뒤집어썼다. 한동안 옷을 챙겨 입던 공비들은 잠시 여유가 돌아오자 서로의 모습을 보게 됐다. 가관이었다.

"푸하하핫....이건 뭐 거지새끼들도 아니고…"

잠깐 동안이지만 그들은 서로를 쳐다보며 웃음을 터뜨렸다. 그들이 살아서 마지막으로 웃는 웃음이었다. 멀리서 군견이 컹 컹 짓는 소리가 들리자 이들은 다시 북쪽으로 달아나야 했다. 그날 공수특전단 수색팀은 공비 2명 사살이라는 전과를 올렸다.

소개령(疏開令)

고수동에서 공비들에 의해 화전민들이 사망하는 사건이 발생하자 당국은 강원 산간지역 화전민 부락 가운데 외딴 가옥에 머무는 사람들은 산 아래에 임시 거처를 마련하고 옮기라는 소개령을 내렸다. 11월초부터 경북 일원과 강원 산간지역 주민들은 곳곳에서 공비들과 마주치다 목숨을 잃고 있었다.

▲11월 3일

경북 봉화군 토담부락은 4세대 25명이 모여 작은 촌락을 이루고 있었다. 이들도 고수동 주민들처럼 마당으로 몰아진 채 협력을 강요했으나 수월하지 않자 공비들은 개머리판으로 윤 모 노인과 전 모 노인을 집단 구타했다. 정신을 잃은 두 노인이 죽은 줄 안 공비들은 황급히 자리를 떴다.

▲11월 4일

삼척군 노곡면의 산비탈에서 약초를 캐던 유 모 씨가 공비와 조우했다. 그는 공비들에게 20여 킬로미터나 끌려 다니다 "뒤가 마렵다"며 대열과 떨어진 순간 험한 계곡 속으로 내달려 목숨을 건졌다.

▲같은 날

동해안 산촌. 삼척군 원덕면. 해가 질 무렵 논에서 볏단을 추려 함께 지고 가던 김형식(44) 씨와 김대용(47) 씨, 김성용(44) 씨 등 세 사람은 난데없이 어둠속에서 쏘아대는 기관총 세례를 받고 놀라 쓰러졌다. 이들 세 사람 중 김형식 씨만 다리에 관통상을 입었다.

▲11월 6일

삼척군 동면의 김대경(56) 씨는 작은 귀틀집에 홀로 머물고 있다가 공비를 만났다. 그들은 김대경 씨의 입에 자갈을 물리고 두 손을 꽁꽁 묶어 방안에 가둔 뒤 집안을 뒤져 감자와 옥수수를 삶아먹고 달아났다.

▲11월 10일

삼척군 동면 정 모 씨 집. 3명의 공비가 침입해 어린아이를 포함한 일곱 식구들을 묶어 방에 가둔 뒤 밥을 훔쳐 도망갔다.

▲11월 11일

동면 화전민 양 모(40) 씨 집에선 된장과 양념을 탈취해갔다.

▲11월 13일

큰 부락에서 10여 킬로미터 떨어진 삼척군 중봉산(1240미터) 정상 부근엔 화전민의 귀틀집 한 채가 있었다. 네 식구가 4년 전에 장성읍에서 이곳으로 이주한 뒤 약초 재배를 하며 살고 있었다. 시아버지와 며느리, 그리고 두 손자가 가족의 전부였다.

소개령을 내리고 수색대가 접근했을 때 이미 이 집은 텅 비어 있었다. 그러나 불과 얼마 전까지 살았던 흔적들이 생생해 이상하게 생각한 수색대원들은 집 부근을 계속 뒤졌다. 거기서 대원들은 김장독을 묻기 위해 파 둔 구덩이 속에서 세 구의 시체를 발견한다. 시신이 된 노인 최반석(71) 씨와 며느리 신원술(54) 씨, 손자 최용학(15) 군 등 세 사람은 총상이 아니라 대검으로 찔린 자상(刺傷)이 나 있었다. 그 중 노인의 신체에서는 10여 군데가 넘게 칼에 찔린 흔적이 나왔다. 정부의 소개령이 내려진 후 큰손자 최용운(21)이 읍내로 방을 구하러 내려간 사이에 악마의 손길이 덮쳤던 것이다.

▲11월 17일 밤

명주군 계곡에는 박광호 씨 등 세 가구가 모여 사는 화전민촌이 있었다. 해가 지자 예비군에 소속됐던 남자들은 모두 마을 입구의 잠복초소로 나갔다. 밤새 경계근무를 하기 위해서였다. 그 사이에 세 가구에 들이닥친 공비들은 모두 12명이었다. 젊은 여인들은 아이들 10여 명과 함께 박 씨 집 안방에 포승에 묶인 채 갇혔다. 아이들이 겁에 질려 울고 여인들이 발버둥치자 공비들은 총을 겨누며 쏘아 죽이겠다고 협박했다. 그러는 사이 나머지 공비들은 울타리 밖에 매어둔 황소를 잡았다. 그 자리에서 소를 해체한 다음 고깃덩이를 그대로 배낭에 담았다. 세 가구의 부엌과 방을 뒤져 이들은 곡식과 50여 점의 옷도 있는 대로 약탈해 갔다. 공비들은 자신들을 자극할 만한 남자들이 없다는 점 때문에 아무도 죽이지 않고 떠났다.

▲11월 19일

명주군 산골 두 화전민 집에 침입한 공비들은 주인 이종옥(38) 씨, 변홍건(41)씨 등 두 남자를 총으로 위협하고 해놓은 밥을 가져갔다.

▲같은 날

같은 지역 독가촌인 이강현(56) 씨 집에 7명의 공비가 침입해 가족 7명을 결박하고 현금과 쌀 5말, 옷 10여 점을 약탈해 갔다.

▲11월 20일 새벽

평창군 산골 독가촌의 화전민 고원식(36) 씨는 환갑이 넘은 부모를 모시면서 부인과 두 아이를 키우는 가장이었다. 전날 밤 예비군 초소에서 근무를 마치고 해가 뜨자 인수인계를 한 뒤 집으로 돌아왔다. 그러나 집은 이미 참변의 막이 내려진 상태였다. 고 씨의 아버지 고영린(62) 씨와 어머니 이학녀(63) 씨, 부인 김아기(21)와 맏딸 상옥(5) 양과 둘째 딸 상금(3) 양은 칼과 돌멩이로 짓이겨져 난자된 시신이 되어 있었다. 그들의 시신은 집 앞 도랑에 던져진 채 포개어져 있었고 보리짚단으로 대충 덮여 있었다. 신고를 받고 현장으로 나간 군 수사관들은 공비들이 부엌에서 수제비를 끓여먹고 암소 한 마리, 닭 11마리, 밀가루와 옷 등을 훔쳐갔다는 사실을 알아냈다.

▲11월 25일 자정

영월의 해발 400미터 정상 부근에서 귀틀집을 짓고 살던 우태봉(26) 씨 집도 악마의 손길이 덮쳤다. 이 집을 덮친 공비들은 7~8명 정도였다. 건넌방에서 자던 우 씨의 어머니 박옥순(50) 씨와 사촌 동생 김상규(12) 군, 맏딸 영자(3) 양 등 세 명은 이불을 덮고 잠을 자다 그대로 총격을 받아 숨진 채 발견됐다. 공비들은 안방의 우 씨 부인 엄분남(22) 씨와 그 곁에 누운 생후 50여 일 되는 아기를 개머리판으로 내리치고 발로 밟아댔다. 집 밖에서 총성을 들은 남편 우 씨는 그대로 2킬로미터 떨어진 큰 마을로 달려가 신고를 했다. 군인들이 도착했을 때 아내와 아기는 실신한 채 생명은 끊어지지 않아 긴급 후송됐다. 당시 언론들은 공비의 발에 밟혔던 아기의 얼굴 사진을 크게 실었다. 전국의 어머니들이 이 사진과 기사에 분노했다.

▲11월 29일(한달째)

평창군 오대산 상원사를 습격했다. 불공을 드리던 여 스님(63)을 불단 앞에서 학살했다. 절간에 공부하러 와 있던 최대기(21) 군을 납치했다. 쌀 2가마, 승복 8벌, 내의 10여 벌, 승려 증명서도 탈취했다. 부엌문을 박차고 난입한 이들은 다른 승려 7명과 최 군을 방에 가두고 밥을 지어먹은 뒤 강탈을 시작했다. 오직 공포분위기 조성을 위해 불공을 드리던 승려를 총살했다. 최 군을 대동 월북하면 성과가 있을 것으로 본 조장은 강제로 납치해 상원사를 출발했다. 12월 4일, 이들이 밥을 짓기 위해 나무를 주우러 간 사이 탈출한 최 군은 밤 9시 경 수색 중이던 아군과 조우한다. 이들 공비들은 추적 중인 국군에게 모두 사살됐다.

경상북도와 강원도 경계지점인 울진과 삼척 부근에 상륙한 공비들은 점점 북상하여 12월초부터는 강원도 내륙인 평창군 일대에 출몰하기 시작했다. 바로 이석우 가족이 살던 곳으로.

8장

사신(死神)의 그림자

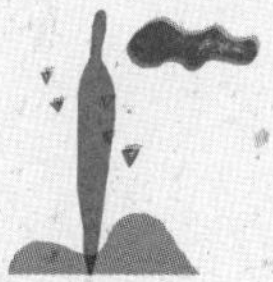

남폿불의 희미한 조명 때문이었는지
석우는 어머니의 얼굴을 보다 등골이 오싹해졌다.
평소의 얼굴이 아니었다.
방금 전까지 이야기를 나누던 어머니가 온데간데없고
다른 사람의 얼굴이 들어앉아 있었다.
웃는 얼굴이긴 한데 기뻐서 웃는 표정이 아니라
입꼬리가 한쪽으로 살짝 올라간 듯 비웃는 표정이었다.

1968년 12월 7일 계방분교

그 해 겨울은 유난히 일렀다. 남한에서 다섯 번째로 높다는 해발 1577미터의 계방산에서 내리꽂는 바람이 예년에 비해 더욱 세찼다. 하늘로 뻗어나간 마른 가지마다 11월이 채 가기도 전에 하얀 눈꽃이 피었다.

한동안 아이들의 머리를 깎아주지 않아 보기 싫게 자라서 이석우는 햇볕이 좋은 날 마당에서 이발을 해 주었다. 예전에 사 두고 줄곧 써온 나무 손잡이가 달린 바리캉은 이빨이 무뎌져 아이들이 싫어했지만 참는 수밖에 없었다.

할머니 강 씨나 어머니 주 씨나 두 아이들이 학교를 다닌다는 것을 기특하게 여겼다. 자신들이 경험하지 못한 세계를 나가주는 것이 대견스럽기도 했다. 이 무렵엔 이석우도 '사람은 배워야 한다'는 말을 하곤 했다.

12월 초가 되자 매서운 바람이 불어 닥쳤다. 아침에 나가보면 길은 얼어붙었다가 한낮이 되어야 녹고 있었다.

라디오나 신문도 없는 노동리 산간벽지의 이석우 집안은 세상 돌아가는 사건에 무지했다. 그래도 그 일곱 식구 가운데 세상 소식을 가장 잘 아는 사람은 수업시간에 꼬박꼬박 출석해 선생님 말씀에 귀 기울이는 아홉 살짜리 승복이 뿐이었다. 아버지에 붙잡혀 일을 도와야 했던 학관이의 출석률은 승복이의 절반에 불과했다.

12월 7일, 승복이의 담임교사 김종욱 선생은 1, 2, 3학년을 통합해 한 반에 몰아넣은 교실에서 장작 난로를 피워두고 아이들 15명을 가르치고 있었다. 가뜩이나 신문과 방송이 무장공비 사건을 보도해 오니 아무래도 아이들에게 시사교육을 해야겠다고 생각했다. 그는 얼마 전 신문을 들었다. 사회면에 약초 캐러 갔던 할머니가 무장공비에 참살된 채 발견된 사진이 실려 있었다.

"여기 주목!"

아이들이 하던 것을 멈추고 선생님을 쳐다보았다.

"너희들, 지금부터는 절대 혼자서 다니지 마라. 여기 봐라. 약초 캐던 할머니가 공산당 놈들에게 이렇게 돌에 맞아 돌아가셨다. 아무 죄도 없는 사람을 이렇게 죽이고 다니는 공산당 놈들은 천하에 몹쓸 놈들이다. 알았니?"

"예."

"특히 야밤에는 절대 집밖에 나다니지 말아야 해. 알았지?"

"예."

단체로 대답한 아이들은 신문의 사진이 겁도 나고 궁금하기도 했다. 하지만 선생님께 질문하는 것보다 친구들끼리 이야기하는 걸 더 재미있어하는 아이들은 저마다 떠들기 시작했다.

그날 저녁, 이석우의 집에서는 남폿불 옆에서 일곱 식구가 한 방에 모여 저녁을 먹고 있었다. 어머니 대하는 네 살배기 막내 딸 승녀를 안고 밥을 먹었고 일곱 살 승수는 그 옆에서 숟가락질을 제법 하고 있었다. 그 맞은편으로 승복이와 학관이가 나란히 앉아 수저질을 했다.

비좁긴 하지만 2인분의 밥과 반찬이 소복한 밥상 하나가 또 있었다. 그 밥상에서는 아이들의 아버지 이석우와 할머니 강 씨가 식사를 하는 중이었다.

여느 때와 다름없이 이날도 승복이가 가장 많은 이야기를 했다. 특히 그는 선생님으로부터 들은 이야기를 자세히 해주었다.

"공산당들이 아무 죄도 없는 사람들을 죽인다고, 절대 혼자 다니지 말래. 그러니까 형은 이제 혼자 다니면 안 돼. 어디 가고 싶으면 날 불러야 돼."

정난기가 발동한 학관은 승복이의 말에 어깃장을 놓았다.

"내가 왜? 난 혼자서도 잘 다닐 수 있어."

"아니야. 그럼 죽어. 약초 캐러간 할머니도 죽었어. 혼자 다니면 안 되지 엄마? 그치?"

"그래, 그래. 승복이 말이 맞다. 어여 먹어라. 흘리지 말고."

이런 가운데 어머니 강 씨와 식사를 하던 이석우가 어머니에게 물었다..

"참, 어머이. 저 윗집이 낼 아랫삼거리로 이사 간다믄서 같이 이삿짐 날라 달래믄요?"

"그래, 맞다. 잊고 있었네. 내일은 같이 이삿짐이나 날라 주자. 우리가 올 때도 도와줬으니까. 그리 해야지."

그때 며느리 대하가 끼어들었다.

"엄니, 내일 승수나 승자 좀 데려가믄 안돼요? 지가 메주를 쒀야 하는데…"

그 말에 밥을 먹던 승복이가 끼어 들었다.

"할무이. 나도 가자."

시어머니 강 씨가 손사래를 쳤다.

"이사하는 데 애들 데리고 뭘 하란 말이냐. 아서라. 갸들은 그냥 집에 놔 두구두 메주는 얼마든지 쓸 수 있어."

외아들을 키운 과부 시어미를 조심하라던 친정 엄마의 말이 새삼 기억난 대하는 더 이상 말을 하지 않았다. 학관이가 할머니에게 물었다.

"할무이, 근데 이사는 왜 간대?"

"거 뭐 소개령이라나 뭐라나. 저놈 승복이가 말한 것처럼 공비놈들 때문이라데. 저-기 끝집은 혼자 있어 위험하니까 내려가라는 거지."

학관이가 고개를 갸웃거리며 말했다.

"저 집 내려가고 나면 우리 집이 맨 끝집이 되는데?"

할머니가 대답했다.

"그러면 어떠냐? 언제는 누구 때문에 우리가 떡을 얻어 먹었냐, 밥을 얻어 먹었냐. 총질이야 군인들끼리나 하는 거지.

우리야 뭐 상관있냐. 기저 오믄 오나 부다. 가면 가나 부다. 뭐 달라믄 주면 되고. 기러믄 돼. 너무 겁먹지 마라."

할머니 말이 끝나자 이번에는 밥을 먹던 승복이가 예의 학교에서 배운 이야기를 다시 꺼냈다.

"공산당 놈들이 아무 죄도 없는 할무이를 죽였대요. 아무나 막 죽인다고 선생님이 절대 혼자 다니지 말라 그랬더래요."

"하이고. 안다 알아. 누굴 닮아서 저리 똑똑하노? 어여 밥이나 먹자."

할머니 강 씨는 그저 손자들이 귀여웠다. 승복이나 학관이는 딱히 무슨 대답을 기대한 것도 아니어서 그러려니 하고 옥수수밥을 입으로 퍼 넣었다. 어른들은 당국의 소개령 자체가 성가신 일이라고 생각했다.

1968년 12월 8일

태백산맥의 능선을 타면서 동해바다를 오른쪽에 두고 가면 무조건 북쪽이었다. 흰 눈을 덮어쓴 겨울 산에서 밤새 이동하다 새벽을 맞은 김익풍은 동해바다의 일출을 보게 됐다. 원산

앞바다의 일출만큼 아름다웠다. 그의 옆에는 허벅지에 관통상을 입고 무전기도 잃어버린 무전수 강동운 중사만이 헉 헉대며 따라 붙고 있었다. 조원들은 그동안 셀 수 없을 정도로 많은 전투를 치르면서 하나둘 떨어져 나갔다. 죽었거나 붙잡혔거나 둘 중 하나일 테지만 어느 쪽이냐 하는 것은 지금은 아무런 의미가 없었다. 단지 휴전선을 돌파해 북으로 가는 것만이 중요했다.

햇살이 강해지면서 산 아래로 작은 도심이 나타났다. 배낭을 잃어버려 지도와 나침반도 없는 김익풍이었지만 그 도시가 삼척일 거라고 생각했다. 오늘도 국군의 추격이 시작될 시간이었다. 며칠을 굶었는지 생각나질 않았다. 일단 계곡 아래로 내려가야 했는데 움직임은 발자국으로 고스란히 눈밭에 남기게 됐다. 그래도 가야 했다. 도심이 보이지 않는 능선 서쪽으로 방향을 틀었다. 그쪽은 아직 어둠이 고여 있었다.

일부러 허리까지 파묻히는 눈밭을 가로질러 작은 발자국을 보이지 않게 흩트리면서 전진했다. 이렇게 가면 노루 같은 짐승이 지나갔는지 사람이 지나갔는지 오히려 구분하기 어렵다. 양말을 손에 낀 채 기관단총을 쥐고 눈밭을 헤친다는 게 의외로 쉽지 않았다. 양말장갑은 손가락을 제대로 쓸 수 없어 자주 총을 떨어뜨리곤 했다. 구멍을 내고 엄지 손가락을 밖으로 냈지만 동상 걸린 손가락은 이미 감각을 잃어버린 지 오래였다. 졸음이 파도처럼 밀려왔다 사라지곤 했다. 빨리 계곡을 찾아 내려가야 했다. 햇볕 좋은 장소의 나뭇잎 속이 그리울 정도였다.

평양이 고향이라는 강동운 중사는 레슬링 선수였다. 덩치도 엄청 좋았다. 그런데 지금 자기 뒤를 절뚝거리며 따라오는 모습은 운동선수가 아니라 못 먹어 곯아버린 영양실조 환자 같았다. 윗도리는 남파될 때 입고 온 양복이었는데 속에는 민간인들의 스웨터를 찾아 입었다. 아랫도리는 한복바지를 껴입고 새끼줄로 허리띠를 대신하고 있었고 지혈붕대 대신 옷을 찢어 묶고 다녔다. 피가 아직도 진득하니 흐르고 있었다. 왠지 그의 걸음이 온전치 못한 듯 했다. 지형을 읽는 데 익숙한 김익풍은 인적 드믄 계곡으로 가는 길을 찾아냈다. 그러나 강 중사가 빨리 오질 못했다. 들키면 다시 죽을 힘을 다해 빠져 나가야 했으니 가능한 그런 사태가 오기 전에 손을 쓰는 것이 현명했다. 그는 기관총을 눈밭에 던져버렸다. 허리춤의 탄창 두 개와 권총만 있으면 된다고 생각했다. 대신 그는 강 중사를 부축했다. 강 중사는 말이 없었다. 겨우 숨만 쉬며 따라

올 뿐이었다. 그래도 한손으로 총을 꼭 쥐고 있었다. 김익풍은 부피만 크지 속이 빈 강정 같은 강 중사를 부축하며 계곡 아래로 내려갔다.

세상은 온통 눈밭이어서 눈이 부셨다. 발 아래로 개울물이 찰랑댔다. 얼지 않고 오히려 김을 내고 있었다.

"이거이 온천인가?"

손을 대 보니 따뜻했다. 두 가지 생각이 동시에 들었다. 가까운 곳에 온천이 있을 테니 사람들이 자주 올 것이고, 다른 한 가지는 이 따뜻한 물에 몸을 녹였으면 소원이 없겠다는 생각이었다. 익풍은 양말장갑을 벗어 손을 집어넣으려다 멈췄다. 괜히 물을 묻혔다가 어차피 또다시 저 눈밭을 헤치고 가야 하는데 제대로 말리지 못하면 오히려 손이 금방 얼어붙을 것이란 판단을 했다. 그는 뒤에 쳐진 강 중사를 부축하고 다시 자리를 옮겼다. 너무 피곤한 것 같았다. 언제 마지막으로 잠을 잤는지 생각나지 않았다.

10미터를 걸어가는 데 10분이 걸린 듯 했다. 강 중사는 의식을 거의 잃고 있었다. 김익풍은 마른 덩굴이 뭉쳐진 개울 옆에 강 중사를 누이고 자신도 그 자리에 앉았다. 더는 꼼짝을 할 수 없었다. 왼 팔목에 김일성으로부터 하사받은 롤렉스시

계가 아직도 초침을 움직이고 있었다. 오전 11시 12분. 30분까지 18분만 눈 좀 붙이고 가자. 김익풍은 그 자리에서 잠이 들었다.

이날 저녁, 강원도 평창군 진부면 노동리의 산중. 제일 끝집은 이삿짐을 꾸려 장정들이 지게에 싣고 있었다. 지게잡이는 이석우, 봇짐 형식으로 끈을 둘러 어깨에 맨 사람은 이석년. 집주인 강환기는 또 다른 지게를 빌려 돗자리며 쉽게 운반하기 힘든 짐들을 고정시키고 지게를 둘러맸다. 집 뒤로 임시로 만든 움막에서 예비군 복을 입은 사내 두 사람이 카빈총을 꿩총 마냥 비스듬히 맨 채 어슬렁거리며 걸어 나왔다.

"짐은 다 쌌남요?"

거주민이 이사를 함과 동시에 임시 초소는 철거할 예정이었다. 사실, 공비가 침투했다고 한 달 전부터 비상이 걸려 매일 출근하다시피 나오게 됐는데 이들로서는 지루하기 짝이 없던 나날들이었다. 삭풍이 휘도는 계방산 중턱의 임시 초소에서는 그동안 개미새끼 한 마리 지나가는 걸 본 적이 없었다. 그냥 하루 종일 공중에서 헬리콥터가 분주하게 오가는 걸 구경하는 것 말고는 무슨 일이 벌어지는지 알 도리가 없었다. 그들은 주변 산세를 어느 정도 알기에 국군들이 아무리 애를 써도 못 잡을 거라는 둥, 그래도 겨울이 오니까 빠져나가기 어려울 거라는 둥 하품이 날 때까지 떠들어 대면서 교대시간을 기다리곤 했다.

그날 이삿짐은 다 나오질 못했다. 거들어주기로 한 사람들이 오지 못해 일손이 부족했기 때문이었다. 다만 가족들은 이석우와 이석년 두 사람의 도움을 받아 요긴한 물건들을 옮기면서 아랫삼거리의 빈 방으로 거처를 옮겼을 뿐이었다. 이석년보다 네 살 많은 집 주인 강환기의 푸념 섞인 넋두리였다.

"나머지 짐은 내일 옮기고, 이참에 면으로 내려가 농사나 짓고 살아야 할까 부다. 자, 출발허세."

그날 예비군 초소도 이삿짐과 함께 철수했다. 학관이 말대로 이제 학관이네 집이 제일 끝집이 됐다.

12월 9일

웅크린 채로 잠이 든 김익풍은 꿈조차 꾸지 않은 채 꼼짝없이 골아 떨어졌다. 그러다 정신이 번쩍 들었다. 주변 풍경은 잠들 때와는 다만 눈이 조금씩 내리고 있어 그런지 날이 어둑

어둑 했다. 웅크린 김익풍의 몸에도 흰 눈이 살포시 덮여 있었다. 김익풍은 여섯 시간 쯤, 그러니까 계획보다 너무 많이 잤다고 생각했다. 옆에 있던 강 중사의 몸 위로도 눈이 덮여갔다. 그는 강 중사를 깨우려 몸에 손을 댔다가 놀란 듯 손을 뗐다. 강 중사는 이미 얼음처럼 굳어 있었다. 눈은 반쯤 뜬 채였다. 죽음이 다반사였던 한 달 동안 김익풍은 어느새 익숙해져 있었다. 강 중사의 눈을 감겨주면서 한편으로는 갈 바에야 잘 갔다고 생각했다.

"괜히 총알로 뚫린 다리를 질질 끌고 가다가 총 맞아 쓰러질 바에야…"

김익풍 자신도 언 몸을 움직이며 관절을 조금씩 풀어갔다. 그러면서 드는 생각은 도대체 10분만 자기로 한 자신이 얼마나 잤나 하는 것이었다. 그의 기억으로는 오전 11시 12분이었다. 헌데 눈이 내리고 있어 해가 안 보이지만 시계는 오히려 10시 20분을 가리키고 있는 것이다. 밤 열시라면 깜깜해져야 했다. 하늘은 진한 잿빛으로 끝없이 눈송이를 부리기 시작한다. 밤이 아니고 낮이었다. 시간은 10시20분. 김익풍은 도대체 믿을 수가 없었다. 10분만 졸다 일어나려 눈을 감았는데 무려 23시간이나 꿈도 안 꾼 채 쪼그려 앉아 잠을 잤다니…

그를 다시 일어나게 만든 힘은 분노였다. 말도 안 되는 작전을 수립해 동지들의 생명을 값없는 희생으로 만들어 버린 김정태 정찰국장놈을 단단히 따져야겠다고 마음먹었다. 도대체 이게 뭐란 말인가. 하계작전이나 다름없는 준비에다가 남측 정보조차 엉터리여서 남조선 새끼들 중에서 누구 하나 적극적으로 인민을 해방시켜주러 온 자신들을 환영해 주지 않았다. 이것은 반드시 짚고 넘어갈 문제였다. 아무리 상대가 별셋을 단 상장 놈이라도. 김익풍은 죽은 강 중사의 허리춤에 꽂혀있는 대검집을 풀어냈다. 자신의 허리벨트에 대충 꽂아 넣다가 대검을 뽑아 보았다. 녹이 시뻘겋게 슨 날은 마치 피가 묻은 듯했다.

김익풍 중위가 대검과 권총 한 자루만 들고 태백산맥을 홀로 거슬러 올라갈 무렵 그곳으로부터 약 30킬로미터 북서쪽 계방산 중턱엔 7명의 공비들이 낙엽 속에서 해가 질 때를 기다리고 있었다.

12월9일 오후, 승복이는 여느 때와 다름없이 학교를 다녀왔다. 양력으로 그가 태어난 생일이었지만 식구들은 어렴풋이 아는 정도였다.

열다섯 살의 학관이가 옥수수대를 걷어 마당에 쌓고 있었고 어머니 주대하는 부엌에서 메주 콩을 삶았다. 이날 승복이는 닭을 좇으며 마당에서 뛰어놀다 어두워질 무렵 방으로 들어왔다. 아버지 이석우와 할머니 강 씨는 어제부터 이삿짐 옮겨준다며 나가 아직 돌아오지 않았다. 오랜만에 만난 이웃들과 술 마시며 이야기꽃을 피우고 있을 게 틀림없었다.

학관이는 등잔에 불을 붙여 안방과 건넛방에 각 각 하나씩 갖다 두었다. 어머니 주대하는 삶은 메주콩을 큰 대야로 퍼 담고 학관이와 함께 건넛방으로 옮겼다. 오늘 밤은 삶은 콩을 짓이겨 메주를 만들 계획이었다. 작년에도 이렇게 해서 담은 된장 맛은 모두가 좋아라 했다. 친정 어머니 말대로 역시 '장이 재산'이었다. 간장이든 된장이든 고추장이든 그것들만 재대로 갖추면 어떻게든 살 수 있었다. 아무리 보리고개가 오더라도 나무껍질, 질경이, 칡뿌리조차도 푹 삶고 된장 풀면 살아낼 수 있기 때문이었다. 친정에서 동생들이 오가며 맛있다고 퍼가기도 했기에 올해는 좀 더 많이 담아볼 생각이었다.

그날 밤

황토 흙바닥에 갈대 돗자리를 깔아둔 방에서 일찍 저녁상을 물린 대하는 승자와 승수를 먼저 재웠다. 자신은 건넛방에서 삶은 메주콩을 으깨야 했기에 안방으로 학관이와 승복이, 승자와 승수를 몰아넣었다. 두 방 사이는 무릎 높이쯤에 달린 작은 쪽문을 열어두기에 서로 대화가 가능했다. 어린 승자와 승수는 하루 종일 닭을 쫓거나 근처 서낭당 주변을 뛰어다니다가 금방 곯아떨어졌다. 승복이는 출입문 옆으로 놓아둔 앉은뱅이책상에 앉아 숙제를 하고 있었고 학관이는 출입문을 바라보는 자세로 벽에 기대앉아 옥수수 알을 까는 중이었다. 그는 고개만 돌리면 열린 쪽문으로 어머니 대하와 이야기도 가능한 위치였다. 방안은 그윽한 메주콩 냄새로 가득 찼다.

오후 8시 무렵이었다. 밖에서 인기척이 들렸다. 분명 사람 소리였다. 학관이가 제일 먼저 인기척을 들었다. 아버지라면 분명 헛기침을 하며 자신임을 알리곤 했는데 이번엔 뭔가 사람이 조심스럽게 움직이는 소리였다.

학관이는 까다 만 옥수수를 든 채 무릎걸음으로 움직여 얼마 전 새로 창호지를 바른 문을 활짝 열어 젖혔다. 푸른 밤안

개가 자욱했다. 방안의 등잔불빛이 학관이의 그림자를 안개 위로 덧씌웠다. 학관은 자신의 그림자로 정면이 더 어두워졌다고 생각하고는 몸을 좌우로 움직이며 청각을 곤두세웠다. 그런데 이상했다. 이쪽에서 문을 열어 반응을 보였는데 상대는 오히려 어둠속에 몸을 감추고 수줍은 듯 움직이지 않았다. 느낌에 한두 명이 아닌 것 같았다.

"누군지 들어오세요."

화전민촌의 일상이 그러하듯 누구라도 들어오고 나갈 수 있었다. 누가 들어오던 소유물이 원체 없어 빼앗길 것도 빼앗아 갈 것도 없는 화전민들이었다. 그들은 이방인에 대한 경계심 따위는 애초부터 없었다. 그런데 안개속의 존재들은 자기들의 의도를 숨긴 채 꼼짝을 하지 않는다. 학관은 '숨어 있다는 걸 아니 빨리 정체를 드러내'라는 뜻으로 소리쳤다.

"누구세요? 누구신지 들어오세요."

움직였다. 드디어 상대와 교신이 된 것이다. 안개 속에서 집을 향해 걸어 들어오는 다리들이 보였다. 어딘지 군인 같다는 생각을 했다. 잠시 후 총을 든 사내들이 학관이 앞으로 다가서고 있었다. 그래도 학관은 겁을 먹지 않았다. 무장공비를 글자로 쓰는 것조차 버거운 학관이로서는 상대가 총을 들고 있으니 요즘 주변에서 흔하게 보이는 그런 군인인 모양이라고 생각했다.

그 시각, 집에서 2킬로미터 가량 떨어진 아랫삼거리. 강환기의 새로 이사한 집에서는 이석우, 석우 어머니 강 씨와 이사를 도와주러 뒤늦게 온 20대 중반의 강세혁, 유경상 등이 강환기와 함께 저녁을 먹고 동동주를 홀짝이고 있었다. 서로가 오랜만에 만난 자리라 이야기는 끝도 없이 이어졌다. 그때 갑자기 이석우가 어머니에게 말을 했다.

"어머이, 어제도 여기서 자고 안 들어갔는데 오늘은 그만 집에 들어가자요."

앉아서 같이 술을 마시던 강환기와 유경상 등은 그 말에 더 마시고 가라며 만류했다. 어머니 강 씨도 "모처럼 삼거리로 내려왔는데 춥고 미끄러운 밤길을 걸어 올라가느니 내일 가자"고 했다. 하긴 50대 할머니가 된 어머니가 얼음판에 미끄러져 다치기라도 한다면 안 될 일이었다. 석우도 순순히 "그러지요."라며 자신의 빈 주발을 친구들 앞에 내밀어 술을 더 청했다. 월남에 파병되어 전투를 치르기도 했던 유경상은 군대 근처도 못 가 본 이석우만 보면 군대 이야기를 했다. 석우는 군 경험이 전무했기에 그저 넋을 잃은 채 듣고는 재밌어했다. 그럴 때마다 유경상은 '뻥'을 보태 너스레를 떨면서 흐뭇한 자부심에 취하곤 했다. 그날도 다를 바 없었다.

불안감은 어디서 오는 것일까

유경상은 석우에게 형님이라 부르며 국군이 공비 토벌한다지만 여기는 절대 못 온다는 것과 '밤이면 산촌에서 평생을 보내는 유경상 자신도 길을 분간 못할 때가 많고 이 겨울에는 더구나 힘들다는 것, 신문에 보도됐지만 거의 다 토벌한 것 같다'는 이야기로 지금의 사태가 이제 거의 끝이 났다는 말을 하고 있었다. 그러면서 월남전 정글에서 베트콩을 포로로 잡았던 무용담을 다시 끄집어냈다. 이석우가 가장 흥미로워 했던 대목이었다.

그런데 그날 이석우는 이야기를 들으면서 한 번도 웃지 않았다. 따라 준 술잔을 입에 대지도 않았다. 그리고 자꾸 어머니 강 씨를 쳐다보았다. 강 씨는 강환기의 아내와 도란도란 이야기를 나누며 때로는 박장대소까지 하고 있었다. 석우는 이 정체모를 불안감이 어디서 오는 것인지 알 수가 없었지만, 이상하게 얼굴에 열이 났다. 손으로 이마를 짚어보면 분명 땀도 날 정도로 열이 났다. 하지만 손은 차가웠다. 오른손으로 왼손 등을 짚어보면 확실히 그랬다. 뭔가 자신에게 늘 있어왔던 어떤 힘이 마치 쌀부대의 밑바닥이 터져 밖으로 질질 흘려버리듯 몸 밖으로 기분 나쁘게 빠져나가는 느낌이었다. 예전에는 한 번도 느껴본 적이 없는 느낌이라 생각하니 더 불안해졌다.

"석우 형님, 내 말 듣고 있소?"

유경상은 안주를 집으려던 젓가락질을 멈춘 채 이석우를 쳐다보았다. 그때 이석우는 결심한 듯 그 자리에서 일어났다.

"야, 경상아. 나 안 되겠다. 느낌이 안 좋아서 집에 한번 가볼란다."

말없이 앉아있던 강환기가 말렸다.

"이거 또 시작이다. 이 밤에 괜히 미끄러져 다치지나 말고 술이나 더 마셔. 낼 밝을 때 가라구."

시비가 일어나자 건너편에 앉아 강환기 아내와 이야기를 나누던 어머니 강 씨가 돌아보았다. 남폿불의 희미한 조명 때문이었는지 석우는 어머니 얼굴을 보다 등골이 오싹해졌다. 평소의 얼굴이 아니었다. 방금 전까지 이야기를 나누던 어머니가 온데간데없고 다른 사람의 얼굴이 들어앉아 있었다. 웃는 얼굴이긴 한데 기뻐서 웃는 표정이 아니라 입꼬리가 한쪽으로 살짝 올라간 듯 비웃는 표정이었다. 놀란 석우가 자리에서 일어나며 두 눈을 부릅떠 다시 보자 이번에는 어머니의 본래 모습으로 돌아와 있었다.

"왜? 가려구?"

어머니의 음색 그대로이긴 했다. 당황한 석우는 "예, 어머이는 여서 주무시고 낼 오세요. 난 먼저 좀 갈게요."하고는 밖으로 나왔다. 방안에서는 왁자지껄하게 석우의 행동을 비난하는 말소리가 들여왔다. 석우는 뒤도 돌아보지 않고 빈 지게를 둘러 멘 뒤 집으로 향했다.

방 안

학관이의 말에 반응한 사람들이 안개 속에서 모습을 드러냈다. 그들은 모두 침묵한 채 열린 방문으로 성큼성큼 걸어오더니 신발도 벗지 않은 채 방안으로 들어오기 시작했다. 학관의 어머니 주대하가 메주콩을 돌절구에 퍼 담고 절구질을 하던 윗방으로 두 명이, 안방으로 세 명이 들어왔다.

학관은 앉은 채로 뒤로 밀려 다시 그의 자리인 벽까지 갔다. 그러는 동안 책상에 앉아 숙제를 하던 승복이는 자신의 등 뒤로 세 명이 들어설 때까지 자세를 바꾸지 않았다. 다만 고개를 돌리기만 했을 뿐이었다. 그의 표정에는 '이런 무뢰배들이 있나' 하는 불만이 가득했다. 통나무 하나를 아궁이에 넣어 둔 덕에 뜨끈한 바닥에서 승자와 승수는 세상모르고 곯아떨어져 있었다.

건넛방의 공비 둘은 방안으로 선뜻 발을 들여놓지 않고 문 입구에 발만 걸쳐 놓은 채였다. 삶은 메주콩을 으깨던 주대하가 이들과 눈이 마주치자 말했다.

"그러지 말고 여 들어와 앉으시오."

그녀는 대수롭지 않게 고갯짓으로 방바닥을 가리키면서 절굿공이로 메주콩을 콩콩 찍고 있었다. 그러자 공비 하나가 처음으로 말을 했다.

"이거 신바르 벗지 않아도 되겠소?"

강원도 토박이의 억양은 북한 말투와 비슷한 데가 많다. 더구나 휴전선 이북엔 아직도 미수복된 강원도 땅도 있으니 어찌 보면 당연하다. 이 때문에 이석우의 가족들은 이상한 복장으로 총을 들고 들어온 이들의 출신지조차 구분할 도리가 없었다. 그날 밤 주대하 역시 아무 생각이 없었다. 그녀는 팔이 아픈지 고개를 외로 돌린 채 두 손으로 작은 절굿공이를 잡아 들고 계속 절구질을 하면서 대답했다.

"에이그. 촌에서야 머 다 그렇지요."

학관은 열린 쪽문을 통해 공비 두 명이 어머니와 대화하는 장면을 지켜보고 있었다.

"아, 이거 뭐하는 거이요?"

방으로 들어온 공비가 메주 쑤는 걸 묻고 있었다. 절구질을 하던 주대하가 대답했다.

"아, 우리나라 사람이 이게 뭔지 몰라요? 메주지"

"야. 이거 먹어도 되나?"

몹시 먹고 싶다는 음성이었다. 어머니는 개의치 않고 "그러셔"라고 말했다. 그러자 그 방에서는 두 사내가 쪼그리고 앉아 큰 대야 가득 담긴 삶은 콩을 손으로 입에 퍼 넣기 시작했다. 며칠 굶은 사람, 딱 그 모습이었다. 학관은 이 광경을 보면서 눈길을 자신이 앉은 방안의 사내들에게 돌렸다.

9장

피칠갑

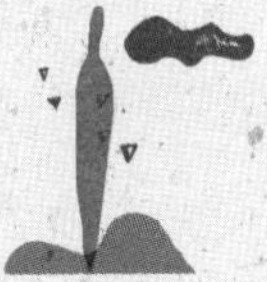

그때 승복이의 멱살을 쥔 공비는
대검을 승복이의 입속에 쑤셔 박고 볼을 가르고 있었다.
동생의 젖살 뽀얀 볼 한 쪽이 갈라지며
선혈이 터져 나왔다.
연두부처럼 볼이 갈라지는 게 한편으로는 기이했다.

아수라장

천정이 낮은 귀틀집 방안은 일어서면 서까래가 머리에 닿기도 했다. 세 공비는 비좁은 방안을 연신 두리번거렸다. 학관이는 이들의 옷차림이 각양각색이란 걸 그제야 처음 알았다. 원래 군인들이 저럴 수도 있구나라고 생각했다. 공비 한 명이 학관이 옆으로 와 앉았다. 그도 옆방의 메주콩 먹는 걸 보고 싶은 것 같았다. 기관총을 한손으로 바닥에 세운 채 옆방으로 고개를 내밀었다. 거의 동시에 공비 한 명은 승복이 옆에 쪼그리고 앉아 승복이가 뭘 하는지 가까이서 보려 했다. 다른 한명은 여전히 문 앞을 지키듯 서서 방안 구석 구석을 살펴보고 있었다. 승복이 곁으로 다가간 공비와 승복이의 눈이 마주쳤다. 공비는 씩 웃었다. 그러나 승복이는 불만스러운 듯 다시 연필을 쥐고 공책에 교과서 내용을 옮겨 쓰기 시작했다. 공비가 승복이 책상위로 손을 가져가더니 지금 숙제로 쓰고 있던 책을 이리 저리 펼쳐보았다. 그러더니 승복이가 쥐고 있던 연필을 빼앗아 요리 조리 살펴보았다. 갑자기 연필을 빼앗긴 승복이가 황당한 표정이 됐다. 그러자 공비는 그 연필을 들고 승복이에게 말을 걸었다.

"너, 이 연필이 어디서 났니?"

"샀어요."

틈도 안주고 심필 심 부러지듯 똑 부러지는 대답이 돌아왔다. 옆방에서 삶은 콩을 집어먹던 공비들이 일순 동작을 멈추었다. 승복이와 공비의 대화를 들은 것이다. 학관이의 방에서도 같은 분위기가 만들어 졌다. 네 명의 공비들이 남조선 어린아이와 사상 무장된 북조선 해방 전사 간의 대화를 숨죽인 채 지켜보는 중이었다.

"미국놈들이 준 거 아니야?"

"아니래요. 우리가 돈 주고 샀드래요."

승복이도 물어보는 공비도 모든 이들의 시선이 자기들에게 집중된 것을 알아차렸다. 자신들이 주인공이 됐으니 두 사람은 더 이상 물러설 수 없게 된 이상한 경기장에 올라선 셈이었다. 다시 공비가 다급하게 공책을 집어 물었다.

"기럼 이 공책은?"

"이것도 산 거래요."

승복이는 무례한 공비에게 화를 내고 있었다. 모두 이 상황을 정확히 읽은 것이다. 남조선에 혁명기지를 구축하러 온 해방 전사. 그리고 그에게 화를 내는 남조선 어린아이. 이 대화의 끝은 어떻게 마무리될지 모두가 궁금해 진 것이다. 해방 전사 입장에서는 복귀한 다음 정치부대장으로부터 잘못하면 사상이 투철하지 못하다는 지적과 비판을 당할지도 몰랐다. 공비가 좀 전보다 목소리를 낮춰 승복이에게 중얼대듯 말했다. 정치장교에게 꼬투리를 잡히지 않기 위해서였다.

"너, 이 쥐새끼만한 게, 거짓말하믄 몬 써. 알갔어?"

"난 거짓말 안하는데."

순진한 승복이도 같이 목소리를 낮춰 대답했다. 그를 똑바로 본 채 였다. 공비는 자신이 알고 있는 지식을 아이가 알아듣도록 설명하기 시작했다.

"남조선은 가난해서 이런 거 못 만든다고. 이런 건 미제국주의자들이 너희들 꼬실려고 사탕 주듯이 갖다 준 거야요. 알갔시오? 어린이 동무?"

"아니래요. 이런 거 전부 우리나라에서 만든 거래요."

승복이는 오히려 공비를 가르치려 들었다. 공비가 순간 난감해졌다. 누가 봐도 두 사람간의 논쟁에서 어린아이가 이기고 있었다. 공비는 어린애 하나 사상교육도 못시킨다고 틀림없이 비판받고 놀림 받을 게 뻔 했다. 죽을 고생하며 내려왔는데 잘 못하다가는 본전도 못 건질 사태가 터졌다고 생각했다. 그는 더 이상 화를 참지 못해 소리치듯 물었다.

"이 썅!, 야! 너 기럼, 북한이 좋니, 남한이 좋니?"

순간 승복이는 엊그제 학교에서 선생님이 가르쳐 주신 신문기사 내용을 떠올렸다. 그리고 거침없이 대답했다. 옳은 대답을.

"우리는 북한은 싫어요! 공산당은 싫어요!"

그 순간 비극의 막이 올랐다. 승복이 옆에서 말을 걸던 공비는 승복이의 대답이 마치 무슨 스위치가 된 듯 그 자리에서 "야! 이 반동분자새끼 같으니!"라고 소리치며 벌떡 일어나는데 왼손으로는 승복이의 멱살을, 오른손으로는 대검을 뽑아 들었다.

벽에 기대 앉아 두 사람 간 대화를 지켜보던 학관이가 말려야겠다는 생각에 후다닥 일어섰다. 그때 승복이의 멱살을 쥔 공비는 대검을 승복이의 입속에 쑤셔 박고 볼을 가르고 있었다. 동생의 젖살 뽀얀 볼 한 쪽이 갈라지며 선혈이 터져나왔다. 연두부처럼 볼이 갈라지는 게 한편으로는 기이했다. 아픔을 못이기는 동생 승복이는 버둥거리며 "아악! 엄마!"하고 비명을 질렀다. 거의 동시에 학관이의 어깨로 강력한 충격이 가해졌다. 학관이가 바닥으로 쓰러질 때 건넛방에서는 어머니 주대하의 비명이 터져 나왔다.

"악! 사람 살려!"

본능적으로 학관이가 몸을 일으키려다 다시 한 대를 얻어맞고 주저앉았다. 자던 승자와 승수가 깨어나며 울어 재치고 있었다. 공비들은 모두 광분한 상태였다. 위험을 느낀 학관이가 몸을 구부린 채 머리를 감싸 쥐었을 때 그의 몸으로 대검은 창이 되어 깊숙이 그의 몸속을 들어왔다 나가곤 다시 들어왔다 나가기를 반복했다. 상처는 손가락, 손등, 팔뚝, 머리, 목, 가슴, 등, 옆구리, 허벅지, 정강이 심지어 발등까지 모두 서른여덟 군데를 찔렸다. 그 중 가장 큰 치명상은 그의 가슴 부위였는데, 칼이 열다섯 살 소년의 등을 관통해 허파를 지나서 가슴으로 나왔다가 다시 빠져나간 관통상이었다. 학관은 기절하듯 엎어졌다. 공비들의 광분은 그치지 않았다. 갑작스런 사태에 자다가 깬 두 아이가 공포에 질려 집이 떠나가도록 울어댔다.

"이건 또 뭐이가?"

이들은 네 살배기 아이와 여섯 살 배기 아이를 거꾸로 들었다가 벽에 후려쳤다. 실눈을 뜬 학관이는 동생들이 당하는 광경을 목격할 수 있었다. 흙벽이 두 아이의 머리가 부딪혀 움푹 들어가면서 쿵쿵 하고 울렸다. 그곳엔 머리카락과 피가 엉겨 붙은 채로 흙이 후두둑 소리내며 흘렀다. 아이들의 울음은 거짓말처럼 그쳤다. 돌연 적막감이 찾아오자 공비들도 하던 동작을 멈춘 채 가쁜 숨만 내쉬었다. 방 두 칸, 특히 안방은 피칠갑이었다. 승복이의 입에 대검을 쑤셔 박아 입을 찢었던 공비는 이미 마당에 나가 있었다. 방안에서 학살이 벌어지는 동안 그는 승복이의 멱살을 붙잡고 밖으로 나와 외양간 밖 오물통 주변에 있던 호박돌을 들어 머리를 내리쳤다. 허연 뇌수가 피와 섞인 채 흘러나오고 있었다. 그리곤 오물더미 속에 던져 넣었다.

조장으로 보이는 사내가 말했다.

"뭘 하기오? 맹추들 같으니라고. 그깟 어린애 하나 처리 못 하구서니… 여기 후딱 정리하고 빨리 빨리 챙겨 가자우!"

대답은 없었지만 공비들은 신속하게 움직였다. 시체를 방 밖으로 들고 나와 측간 옆 거름더미에 나란히 던져 놓았다. 주대하와 이학관은 퇴비장, 이승복, 이승수, 이승자는 오물통에 던져 넣었다. 공비들은 시신들을 모두 엎어 놓았다. 그리고 주변의 옥수숫대를 들고 와 그 위를 덮었다. 그때까지 학관은 의식이 남아 있었다. 생명이 꺼져갈 때 마지막까지 남아있는 감각기관은 청력이다. 학관이는 의식이 있던 방안에서부터 밖으로 옮겨질 때까지 모든 소리를 듣고 있었다. 다만 현실감도 없고 시간의 흐름도 느끼지 못한 채였다. 그가 거름더미로 던져진 뒤에는 찬 공기가 그의 몸속으로 들어오면서 정신이 또렷해졌다. 그 와중에 학관이는 퇴비장의 더러운 거름들이 얼굴에 묻는 게 싫었다. 자기도 모르게 몸에 힘이 들어가고 그로써 몸을 돌려 누우려 했다. 바로 그때였다.

뭔가 분명한 물체가 자신을 무겁게 감싸는 느낌을 받았다. 학관은 바닥에 엎드린 상태에서 눈을 떴는데 자기가 자신을 내려다보는 장면이 겹쳐 보였다. 흰 옷차림의 하얀 머리에 길고 흰 수염이 난 할아버지가 거름더미에 엎어진 학관이를 감싸 안듯 짓누르고 있는 게 보였다. 그리고 학관이의 귀에 대고 속삭이듯 인자한 음성으로 말하고 있었다. 학관이는 귓가에 닿는 숨소리조차 느끼고 있었다. 시각적으로는 자신이 자신을 내려다보는 중인데 청각적으로는 자기 곁에서 느껴지는, 또 다른 혼란이었다.

"아니다. 아직은 엎어져 있거라! 죽은 척 엎어져 있거라!"

학관은 말로만 듣던 산신할아버지인가 싶었지만 궁금증은 거기서 멈추었다. 할아버지의 목소리가 너무 가까이서 속삭이듯 들리기에 자기도 모르게 숨 쉬는 소리조차 안 내려 애썼다. 칼에 찔려 피투성이가 된 것은 기억이 나지만 그 순간부터는 통증도 느끼지 못하고 오직 외부의 소리에만 신경을 곤두세운 체 엎드려 있기만 했다. 닭 잡는 소리, 가마솥 뚜껑 여닫는 소리, 방안을 드나드는 소리가 났다. 숨을 내쉴 때마다 가래 끓는 소리가 등에서 나왔다. 좀 더 숨을 죽여야 했다.

실제로 공비들은 아무 말 없이 분주하게 움직였다. 외양간 옆의 닭장에서 닭을 있는 대로 잡아내 목을 비틀고 부엌으로 사라지는 공비, 선반에 걸어 둔 옷가지들을 챙겨 입는 공비, 삶은 메주콩을 빈 자루에 통째로 담는 공비, 아궁이에 불을 때고 가마솥에 물을 붇는 공비… 모두 부산하게 움직였다.

격투

빈 지게를 맨 채 지게 작대기를 지팡이 삼아 길을 나선 석우는 도중에 이석년의 집이 나오자 들렀다 갈까 잠시 망설였다. 형수 최순옥에게 아이들 줄 거라도 있으면 얻어나 갈까 생각했다. 그런데 방안에 불이 꺼진 걸 보고 너무 늦었다고 생각해 그냥 가기로 한다.

이석년 형님 집에서 1킬로미터 가량 걸어가면 언덕이 약간 높아지면서 개울 소리가 크게 들린다. 형제소라는 움푹 파진 웅덩이 두 개가 있는 곳 건너편엔 노인 부부만 사는 귀틀집 한 채가 있었다. '물건너집'이라는 이름을 이석우가 붙여서 아이들에게 가르쳐 주었던 기억이 났다. 그 집도 불이 꺼져 있기는 마찬가지였다. 집까지는 200미터 정도가 남았다. 길 우측 아래로 작은집이 두 채가 있었지만 나이 많은 노인네들이 사는 곳이라 석우는 거들떠보지도 않았다. 석우는 발걸음을 늦췄다. 자기가 생각해 봐도 너무 부산스러웠다고 느꼈다. 보름을 지나 일그러진 달이 구름 밖으로 얼굴을 내밀었다. 비로소 길이 좀 더 밝게 보였다.

부엌에서는 닭을 삶고 밖에서는 옷가지를 나눠서 껴입던

공비들이 갑자기 동작을 멈추고 귀를 세웠다.

"휘익. 휘익.."

새소리를 흉내 낸 연거푸 들리는 휘파람 소리였다. 접근로에 숨어있던 경계조 공비로부터 누군가가 오고 있다는 신호였다. 모두 신속하게 숨을 곳을 찾아 자취를 감추었다.

지게 막대기로 길을 짚어가며 반월형국 집을 거쳐 올라오던 이석우는 숲속에 뭔가 있다는 느낌을 받았다. 다시 불안감이 엄습했다. 온 몸이 긴장해 근육에 힘이 들어가고 눈이 부릅떠졌다. 빨리 집으로 달려가고 싶지만 왠지 이 속도로 가야 한다고 생각했다. 마른 숲에서는 아주 천천히 뭔가가 자신의 뒤를 쫓고 있었다. 잠시 후 건너편에서도 움직임이 느껴졌다.

'한 놈이 아니다!'

마른침을 꿀꺽 삼키는 이석우에게서 술기운은 이미 달아나고 없었다.

'승복이 엄마, 학관이와 승복이, 승수와 승자… 석우를 뒤따르는 상대를 집에 있던 식구들로서는 감당할 수 없을 것이다. 저들이 가기 전에 빨리 집으로 가자'

불과 30미터를 남겨두고서도 뛸 수가 없었다. 뒤따르던 그 무엇들은 더 이상 따라오지 않는다. 이석우는 헛기침을 하면서 돌담 사이로 나 있는 마당에 발을 들여 놓았을 때 뭔가 크게 잘못돼 있다는 느낌을 받았다. 닭 삶는 냄새가 퍼지고 닭장엔 닭이 없었다. 그리고 어질러 져 있다. 방문을 보니 불빛 하나 없는 칠흑이었다. 다시 한 걸음 나가자 방 입구 댓돌에 신발이 안 보인다. 둘러보니 아내 대하의 털신 한 짝이 마당 저쪽에 굴러 떨어져 있었다. 아이들 신발도 보이지 않았다. 바로 그때 측간에서 불쑥 사람이 나타났다. 석우는 놀라서 소리쳤다.

"누구야?!"

공비는 태연하게 응수했다.

"아, 이제 오시오? 우리가 기다렸는데 방에 들어가서 이야기 좀 합시다."

"그럽시다."

석우도 응수하며 지게도 벗지 않은 채 방문으로 돌아서 성큼성큼 걸음을 내딛었다. 가족들이 궁금했던 것이다. 그때 뒤쪽에서 세 명이 따라붙는다는 걸 느꼈다. 그는 방에 들어가기 위해 문고리를 잡아 당겼다. '덜컹' 하면서 방문이 열림과 동시에 먹물같은 어둠속에서 한 번도 맡아보지 못한 냄새가, 그러나 본능 저 깊숙한 곳 음습한 기억 속에 묻혀 있는 사악한 냄새가 달려들 듯 석우를 덮치고 있었다. 석우의 몸은 구역질로 반발했다.

'피비린내!'

그는 한 발을 방안에 들여놓다가 동작을 멈췄다. 순간 그의 뒤를 따라 붙던 공비들이 그의 지게를 양쪽에서 붙잡고 방안으로 밀어 넣기 위해 힘을 썼다. 3대1의 싸움. 하지만 공비들은 한 달 이상을 산속을 헤집고 다니며 굶주려 근력이 약해진 상태였던 반면, 석우는 노동으로 단련된 데다가 몸 상태 또한 서른여덟 나이의 청춘이었다. 석우는 양쪽 문기둥을 잡고 밀리지 않으려 애썼다. 잠시 밀고 밀치는 실랑이가 벌어졌다. 공비들은 밀어서 해결되지 않는다고 생각한 듯 이번에는 지게를 양쪽에서 밖으로 잡아당겼다. 석우의 상체도 같은 방향으로 쉽게 밀려나왔다. 바로 그때 석우는 그들 중 한 놈과 얼굴을 마주할 수 있었다. 인간이랄 수 없는 더부룩한 머리와 수염, 그을린 듯 검은 피부, 흰자위가 붉게 충혈이 되었는지 검은 동자와 겹쳐져 눈동자가 주먹만 하게 보였다.

'사람이 아니다! 승복이가 말하던 사람 죽이는 공비다!'

석우는 순간 지게를 벗어버렸다. 힘주어 지게를 잡아당기던 공비들이 지게와 함께 중심을 잃고 뒤로 나자빠졌다. 쓰러지지 않은 공비가 달려들었다. 석우는 밖으로 나가기는 틀렸다고 판단하고 바로 옆 부엌으로 튀어 들어갔다. 부엌 아궁이에서 나오는 불빛에 공비 세 명이 일어서는 게 보였다. 공비들은 이석우를 붙잡고 쓰러트렸다. 그 중 한 명이 석우를 깔고 앉았다. 공비들은 그러나 허약해져 있었다. 석우는 힘을 모아 자세를 뒤집고 다시 일어났다. 그러자 세 명이 동시에 달려들었다. 이석우는 몸을 던지듯 세 명을 밀어버렸다. 신기하게도 세 놈이 동시에 나가떨어지고 있었다. 이석우는 이놈들이 왠지 허수아비 같다는 느낌을 받았다. 석우는 뒤돌아서 부엌 뒷문으로 달아 둔 거적을 들어 올리고 밖으로 빠져 나왔다. 집 뒷마당 장독대였다. 석우는 장독을 밟고 돌담위로 기어올랐다. 순간 오른쪽 엉덩이가 갈라지듯 아파왔다. 공비 한 놈이 대검으로 달려들어 찌른 것이다. 석우는 왼발로 공비를 차버린 뒤 돌담을 넘어 달려 나갔다.

"사람 살려! 사람 살려! 사람 살려요!"

퇴비장에 가족들 시체와 함께 엎드려서 숨죽이던 학관이는 이 모든 소리를 다 듣고 있었다. 아버지가 달아나는 소리도 들었다. 공비들 중에 욕을 하며 다른 공비들을 나무라는 소리도 들였다. 그때 멀리서 "사람 살려!" 하는 아버지의 외침이 서너 번 들리다 사라졌다. 무사한 모양이라고 학관은 생각했다.

잠시 후 공비들이 다시 모여들었다.

"이 천치 같은 노무 새끼들. 세 명이 하나도 못 해치우고 말이야… 빨리 해가지고 가자!"

이들이 다시금 분주해졌다. 학관은 시간의 흐름을 놓친 채 얼마나 지났는지 알 수 없는 상태가 되어 갔다. 그러다가 갑자기 주위가 고요해졌다.

그 무렵 담을 넘은 이석우는 길이 아닌 개울 쪽으로 달려가다 집 근처 7미터 높이의 벼랑 아래로 몸을 던졌다. 캄캄한 어둠을 해쳐가며 그는 개울 건너 '물건너집'으로 갔다. 문을 두드려 사람들을 깨우면서 "빨리 달아나소. 공비들이 왔소."하고는 다시 계곡 아래로 내려가 윗삼거리 쪽으로 절뚝거리면서 달리고 있었다.

도피

거름더미가 있는 퇴비장에서 학관은 아무도 없다는 확신을 가졌다. 몸을 뒤집고 엉금엉금 일어나면서 손을 옆으로 짚었는데 그의 오른손에 물컹 하는 게 잡혔다. 놀라 들여다보니 어머니 주대하였다. 학관이가 울면서 흔들어 보았지만 어머니의 얼굴은 힘없이 좌우로 흔들거리기만 했다. 숨도 쉬지 않았다. 꼼짝하지 않았다. 슬픔보다 공포가 더 강했다. 학관은 더 이상 어머니의 상태를 알고 싶어 하지 않았다. 갑자기 학관은 기침을 해대더니 왈칵 하고 피를 토했다. 그때부터 호흡은 무척 힘들어졌다.

'커억, 커억…'

집에서 가장 가까운 아랫집으로 가야 한다고 본능이 일렀다. 그는 본능대로 비틀거리며 일어나 움직였다. 원래 빈집이었다가 최근 소개령으로 다른 곳에 살다 내려온 노인 부부가 사랑채에 머문다고 들었다. 기어갔는지 걸어갔는지 학관은 기억이 없었다. 그저 본능대로 움직여 갔을 뿐 다른 생각은 전혀 할 수 없었다.

아랫집 사랑채도 깜깜했다. 방문을 열고 기어들어가자 그제야 잠자던 노인 부부가 일어났다.

"살려주세요. 할아부지."

노 부부는 화들짝 놀랬다.

"아이고, 이게 뭐야. 너 누구야?"

"여… 윗집이요… 공비들이 와서…"

피범벅이 된 학관이가 이 말을 함과 동시에 노 부부는 후다닥 옷을 챙겨 입고 가재도구를 챙기기 시작했다. 말할 힘도 없던 학관이는 이불에 그대로 쓰러진 채 노 부부를 기다렸다. 그런데 마지막으로 방에 들어와 챙겨둔 가재도구를 들고 나간 할머니가 더 이상 들어올 기미가 보이지 않았다. 방문을 열고 밖을 보니 달빛에 두 사람이 소를 끌고 아랫길로 도망가고 있는 것이다.

학관은 일어나 나가야 했다. 이대로는 절대 살 수 없을 것 같았다. 컥컥거리며 기다시피 일어나 집 밖으로 나온 학관이는 그 아랫집으로 한 참을 갔다. 이곳도 노인 부부가 손녀딸과 살고 있었는데 자다가 학관이가 문을 열고 깨우는 바람에 모두 일어났다. 하지만 이들도 학관이의 몰골을 보고는 기겁한 채 짐을 챙겨 앞장서서 달아나버렸다.

학관은 포기하지 않았다. 멀찌감치 앞장서서 달아나는 노 부부의 뒤를 따라가다 보면 다른 집이 나오기 마련이었다. 더구나 이번에 나오는 집은 아버지와 친척인 이석년씨의 반월형국 집이 아닌가. 최순옥 아주머니가 맞아줄 것이다.

손이 시린지 아픈지 알 수가 없었고 점퍼를 입은 상체에서 피가 흐르는지 땀이 흐르는지도 알 수 없었다. 머리부터 발끝까지 온통 통증이 엄습하는 가운데 머리카락 끝으로 땀이 흘러 눈을 가렸다. 학관은 땀을 훔쳤는데 너무 끈적거렸다. 달빛에 비춰보니 검은 색이었다. 그래도 학관은 피라서 겁먹지 않았다. 그게 무엇이든 중요한 게 아니라는 듯 마구 힘을 내 식식대며 걸어 나갔다. 달이 야위어가기 시작하는 데 별들이 카랑 카랑 걸려있었다.

드디어 커다란 밤나무 아래의 초가집이 보였다. 이 부근에서는 제일 큰 반원형 초가집. 웬일로 방마다 불이 켜져 있었다. 학관은 마음이 놓였다. 가장 가까운 부엌 옆 방 문고리를 잡아당겼다. 문이 열린 방안에서는 놀란 눈을 가진 낯익은 사람들이 이불속에 다리를 묻고 앉아서 학관이를 쳐다보았다. 아랫집 노인 부부, 그 밑에 집 가족들, 물건너집 가족들… 모두 도망 온 사람들이었다. 학관이는 "아주머니 살려주세요!"라며 방안으로 기어들어가다 그대로 쓰러졌다.

사람들 틈 속에 앉았던 최순옥이 고개를 내밀다 보니 학관이란 걸 알게 됐다. 그녀는 사람들을 재치고 얼른 문 앞으로 나와 쓰러진 학관이를 끌어안았다.

"아이고 세상에, 이 무신… 이 머리카락은 이기 뭐고? 닭벼슬도 아이고… 이기 다 피네? 아이고 세상에… 이 손도 이리… 우째서 이리 피를 많이 흘렸노?"

그녀는 학관이를 부둥켜안고 눈물을 흘리며 뒤편에 앉아 있던 사람들에게 이불을 찢어 붕대를 만들라고 했다. 바들바들 떨고 있는 학관이 몸은 얼음덩어리 같았다. 따뜻한 아랫목으로 끌어당겨 옮긴 뒤 피로 얼어붙은 겉옷을 벗겨내고 찢어낸 이불 호청으로 머리와 손, 팔뚝 등 보이는 대로 감아 지혈을 했다. 등판은 어디가 상처난 곳인지 알 수 없을 정도로 피가 많이 솟아나고 있었다. 최순옥은 이불 솜을 뽑아다 한 뭉치를 그곳에 밀어놓고 헝겊으로 두른 뒤 집안에 있는 남자 옷이란 남자 옷은 죄다 꺼내 아이에게 입혔다. 최순옥은 슬픔과 공포가 뒤섞인 채 울음을 멈출 수가 없었다.

"이 천하에 몹쓸 놈들이 아이를 아예 난도질을 해 놨으이… 우짜면 좋노…"

최순옥은 다시 학관이를 끌어안고 물어보았다. 의식이 가물거리는데도 불구하고 학관이는 그녀가 묻는 말에 하나하나 대답을 했다. 방안 사람들이 숨죽이며 학관이의 이야기에 귀를 기울였다.

"군인들이 왔어요… 공빈지 뭔지…"

"그 놈들이 이랬노? 그럼 아이들은 어떻게 됐노?"

"다…다… 죽었지요..묻지 마요…"

"그럼 승복이 갸는?"

언제나 똑 부러져서 총기 있고 영리하다고 칭찬해 왔던 최순옥은 승복이가 제일 먼저 떠올랐다.

"죽었어요. 나는 안 그랬는데, 갸는 공산당이 싫다고 해서 입을 칼로 찔려서 죽었을 거예요"

그 방은 즉시 슬픔과 공포가 뒤섞인 채 초상집이 됐다. 최순옥과 몇몇 여자들이 함께 곡소리를 냈다. 학관이를 끌어안고 통곡하던 최순옥은 "아이고, 그래. 죽은 애는 죽어도 너는 살아야지. 학관아."라며 꼭 끌어안았다.

신고

오른쪽 엉덩이에 칼을 맞고 절뚝거리며 도망간 이석우는 계곡을 따라 2킬로미터 정도를 내려와 윗삼거리의 강환기 집에 도착했다. 거의 왕복 한 시간이 지났지만 그곳에서는 여전히 술잔을 기울이며 이석우의 이웃과 친구들이 남아 있었다. 어머니 강 씨도 아까와 별반 다르지 않게 방구석에 앉아 강환기의 아내와 술잔을 주거니 받거니 하고 있었다.

방문이 벌컥 열렸다. 사람들이 놀라 바라보니 이석우가 씩씩대며 서 있는 것이다. 유경상과 강환기는 이석우가 술을 더 마시러 온 줄 알았다.

"허, 이 친구야, 추운데 여기 있지 뭘 갔다 오누? 술 생각이 더 났지?"

"형님, 거, 그렇게 서 있지 말구 빨리 들어와 문 닫어. 춥다니깐."

그런데 이석우는 계속 서 있었다. 가만 보니 씩씩 거리는 것이 화가 나서가 아니라 숨이 찬 것이었다. 그가 가까스로 숨을 가다듬더니 이런 말을 했다.

"야들아. 나 칼 맞았어. 여기."

석우가 바지 뒷춤을 가리키며 말하고 있었다. 모두가 킬킬대며 웃었다. 장난치는 줄 알았다.

"야, 이거 석우가 술 생각나믄 인자 거짓뿌렝이도 하누나. 여 아직 술 남았어. 들어와 어서."

강환기가 껄껄대며 웃었다.

"아니야. 참말이야. 간첩한테 칼 맞았어."

그의 말은 너무 진지한 데다가 '간첩'이란 말을 하자 돌연 방안의 사람들이 웃음을 거두었다. 유경상이 일어나 밖으로 나오며 겁에 질려 서 있는 이석우에게 다가섰다.

"석우 형님 어데 좀 봅시다."

"자… 여기…"

모두 고개를 들어 이석우의 상처를 보았다. 칼에 찔려 바지가 흥건하게 젖어 있었다.

"형님. 이거 어케 된 거이가? 사실대로 말해보소."

유경상이 독촉했다.

"집에 갔는데… 아무도 없고… 방안이 전부 피바다가 되어서리… 간첩 놈들이 여럿이 달려들어서…"

유경상은 월남전이 떠올랐다. 이만큼 사람의 몸을 상하게 하는 인간들은 전쟁 중의 적군 아니고는 없다고 생각했다. 더구나 방안이 피바다였고 여러 명이라고도 했다. 전투경험이 있던 그는 석우가 거짓말하는 게 아니란 걸 알고는 신고를 하러 신발을 챙기기 시작했다. 바로 그때 이석우가 방 뒤편에서 술을 마시던 어머니 강 씨를 보았다. 석우는 신발도 안 벗은 채 방안으로 뛰어 들어가 어머니를 붙잡고 고래고래 소리치며 울음을 터뜨렸다.

"어머이! 손자 한 놈이라도 데리고 왔으면 그 놈은 살았을 거 아닌가! 내 새끼들 다 죽었어. 어머이가 다 죽게 했다고! 빨리 가자고 했을 때 일어났어야지! 어흐흐흐…"

"머시라? 우리 손주들이 다 죽었어? 기게 참말이간? 야, 이 새끼야. 똑바루 말을 하라!"

"다 죽었어. 전부 다. 으흐흐흑… 기때 애새끼들 간다고 할 때 데리고 왔다믄 살았을 거 아이가. 으흐흐흐…"

강 씨는 그저께 저녁상에서 며느리와 승복이가 하던 말이 생각났다. 그때 데려왔으면 살았을 목숨들이라니… 38선 넘을 때도 남편하고 딸들하고 같이 오겠다고 했으면 남편도 딸들도 살았을 텐데…이 놈의 팔자엔 왜 이리도 죽음이 따라다니는지… 강 씨는 몸에서 힘이 쑤욱 하고 빠져나가는 듯했다. 저 밑바닥에 부글부글 끓어오르는 분노만 일렁거릴 뿐이었다. 아들이 손자를 낳기 시작한 이후 이날 이때까지 매일 손자들을 돌보며 사는 게 힘이었는데… 다 죽어서 떠나버렸다니… 이 때 강순길과 이석우는 큰 정신적 타격을 입고 평생 정신질환자가 되어야 했다. 인간은 자신보다 소중히 여기는 타인을 잃어버렸을 때 분노와 슬픔에 겨운 나머지 광기의 나락으로 빠지는 경우가 종종 있다. 강순길과 이석우의 경우도 마찬가지였다.

유경상이 신발 끈을 묶으며 방안을 힐끗 보니 어머니 강 씨가 입을 벌린 채 멍하니 앉아 있었다. 넋이 빠진 것 같았다. 그녀 앞에 아들이 대성통곡을 하는 중이었다. 강환기의 집을 나온 유경상은 천천히 달리기를 시작했다. 이곳 윗삼거리에서 경찰지서가 있는 용전리까지는 18킬로미터 정도 됐다. 유경상은 3년 전 월남파병이 결정된 직후 원주에서 강한 훈련을 받은 바 있었다. 그 시절 생각을 해 가며 지금부터 장거리 구보를 한다고 생각하고 겨울밤을 달리기 시작했다. 그는 한 시간 반 동안 캄캄한 밤길을 쉬지 않고 달린 끝에 15킬로미터 지점의 속사 삼거리에 도착했다. 용전리로 갈라지는 길목이었다. 여기서 유경상은 동갑인 양조장 트럭 기사 김기운이란 친구를 만난다. 자초지종을 들은 김기운은 양조장으로 달려가 트럭을 몰고 직접 용전리 지서로 갔다. 일본인들이 타던 도요타 군용트럭을 해방 후에 적산으로 불하받아 그때까지 사용해 온 트럭이었다. 그 사이 유경상은 다시 왔던 길을 되돌아 달리기 시작했다. 칼에 찔린 이석우가 걱정됐던 것이다. 밤 10시가 넘어가고 있었다.

용전리 하일 주임

용전리도 먹물 같은 어둠이 흥건한 데 유일하게 경찰지서 창문만은 등잔불로 주홍빛이 일렁이고 있었다. 김기운이 몰던 트럭이 접근하자 벌써 용전리 지서 경찰관들은 무슨 일인가 싶어 창문 근처에서 기웃거렸다. 차에서 내린 김기운이 지서 앞으로 달려들었다.

미닫이문을 활짝 열고 들어서자 등잔불들이 펄럭거렸다. 전기가 들어오지 않는 지역의 야간근무 풍경이었다. 김기운은 비상대기 중이던 하일 주임 앞에서 인사도 하는 둥 마는 둥 사건을 신고했다.

"아저씨, 저 노동리에 사는 이석우 씨네 집안이 간첩들한테 싸그리 죽었더래요. 그리고 이석우씨는 다리에 칼을 맞고요."

"기게 증말이냐? 자, 박 순경, 김 경사, 빨리 예비군 소집해라. 기러고 너 기운아, 니 차 좀 타고 가자."

"그래요."

"기러구, 니 이리 쫌 와서 그 사건 다시 한 번 찬찬히 말해 해봐라."

하 주임은 김기운에게 사건 개요를 상세히 듣고 난 뒤 군부대로 사건 신고를 전파하고 있을 때 박 순경과 김 경사는 예비군을 소집하러 나갔다. 속사리 쪽은 박 순경이, 용전리 부근은 김 경사가 맡아서 비상 연락을 취했다. 김 경사는 지서 앞에 걸어둔 쇠 종을 짧게 세 번씩 연속으로 두드렸다.

'땅 땅 땅……땅 땅 땅……땅 땅 땅…'.

소리가 전파되는 범위안의 근무 중인 모든 예비군들은 약속된 집결지로 집합하라는 신호였다. 집결지는 특정 지점의 도로가로 지정돼 있었다. 잠시 후 곳곳에서 카빈 소총으로 무장하고 경계근무를 서던 예비군들이 도로가로 나와 대기 중이었다. 그로부터 10분 뒤 하 주임은 김기운이 모는 트럭에 올라타고 출발했다. 차량은 용전리 일대를 한 바퀴 돌면서 길가에 나와 기다리는 예비군들을 화물칸에 실어가며 전진했다. 속사삼거리에 들어와서도 길가로 나온 예비군들을 모두 태우며 움직였다. 트럭이 승복이가 다녔던 계방분교 앞을 지나던 중 헤드라이트 불빛이 달려가던 한 사내를 비췄다. 유경상이었다. 트럭은 유경상도 태운 채 윗삼거리로 달렸다. 화물칸엔 예비군들만 서른 명 가까이 타고 있었다.

목적지인 윗삼거리는 안개가 자욱하게 덮여 있어 앞이 분간조차 되질 않았다. 일단 차를 세우게 하고 하 주임만 혼자

내렸다. 위험하니 차량 주변을 경계하라고 일러둔 뒤 하 주임은 이석우를 찾으려 주민들에게 묻고 있었다. 그때 몇몇 사람이 "이석우 아들이 칼에 맞아 다 죽어가게 생겼다"고 말해 주었다. 하 주임은 이석우를 제외한 가족 전부가 죽은 줄 알았는데 그의 큰 아들도 아직 살아있다는 이야기를 들은 것이다.

"이석우 아들은 어디 있는데요?"

"요래 올라가다 보믄 반월형국 집이 나오는데 거기 있더래요."

"나 좀 델구 갑시다."

"그러지요 뭐."

하 주임은 예비군들을 모두 하차시켜 함께 이동했다. 반월형국 집에 도착하자 하 주임은 예비군들을 주변에 배치시킨 뒤 최순옥의 집으로 들어가 신음하던 학관이를 만났다. 건전지를 새로 넣은 플래시로 아이 얼굴을 비춰보니 핏기가 하나도 없었다. 얼굴은 피딱지가 여기 저기 말라붙어 있었고 이상한 옷들과 천 조각들로 붕대처럼 여기저기 감아놓은 채 신음하며 누워 있었다. 하 주임은 곁에 따라다니던 박 순경에게 예비군들을 시켜서 들 것을 만들어 오라고 지시하고 학관이 옆에 앉았다.

"니가 누구냐?"

"예··· 이석우 아들이래요."

거의 다 죽어가는 음성이었다. 귀를 가까이 대야 겨우 알아들을 수 있을 정도였다.

"우선 좀 일어나 보자."

하 주임은 학관이를 끌어안고 앉히려 한 손으로 학관이의 등을 받치다 흠칫 놀랐다. 점퍼를 입혀 놓은 그의 등에 혹 같은 게 볼록 나와 있었는데 하 주임이 등을 바치면서 누르자 물컹 하는 게 아닌가. 그러면서 고여 있던 피가 옷 밖으로 주르륵 새고 있었다. 하 주임은 시간이 없다는 생각을 했다. 소년의 몸에서 흘러나온 피가 자신의 군복에 묻든 안 묻든 상관없이 말을 들을 수 있을 만큼 가까이 끌어안은 채 소년의 눈을 보며 말을 걸었다.

"나한테 빨리 얘기 해봐라."

"이제··· 머··· 다 갔을 텐데요···"

학관은 체념 상태였다. 하 주임이 다그쳤다.

"아니야. 기래두 얘길 해봐."

학관은 숨을 헐떡이면서 띄엄띄엄 사건이 벌어진 경과를 말해갔다. 그의 얘기가 끝났을 때 하 주임의 팔목에는 학관이가 토해 놓은 핏덩어리가 진득하니 흘러내리고 있었다.

이동

"무장 공비가 대 여섯 명이라…"

학관의 이야기를 전부 들었던 하 주임은 이 병력으로는 어림도 없다고 판단했다. 예비군들에게 상황을 전파하면서 현 위치 고수 명령을 내렸다. 국군이 들어올 때까지 이곳이라도 안전하게 지키는 게 옳다는 생각이었다. 들것을 만들어 들고 온 예비군들과 박 순경이 하 주임에게 왔다. 학관이는 들것에 옮겨져 트럭의 화물칸에 실렸다. 구경하던 주민들 사이로 아버지 이석우가 나타났다.

"야, 이놈아, 학관아! 너 살아있구나! 아이고 이놈아! 으흐흐흑…"

그의 오른쪽 다리에서는 여전히 핏물이 흐르고 있었다. 사람들의 도움으로 이석우도 화물칸에 실려 용전리 지서로 이동했다. 울퉁불퉁 비포장의 빙판길에 차가 덜컹거릴 때마다 두 사람의 상처에는 불에 달군 쇠젓가락으로 찌르는 고통이 작렬하곤 했다. 새벽 5시가 가까워지고 있었다.

30분 뒤에 학관이는 가마니로 급조해서 만든 들것에 누운 채로 용전리 지서 바닥에 놓여졌다. 형사들이 이석우와 이학관을 떼어 놓았다. 두 경찰관은 이석우에게 담배를 권하면서 진정시키는 역할을 했다. 물론 이석우의 진술도 기록해 두기 위해서였다. 학관에게는 그나마 의료지식이 좀 있다는 김 경사가 진술서 작성을 위해 곁에 앉았다. 지서 안에 비치된 구급 상자에서 소독약을 꺼내 탈지면에 흠뻑 적셔 우선 보이는 곳마다 소독약을 묻혀갔다. 그때마다 학관이는 신음소리가 터졌다. 헌데 아프다고 소리치는 게 또 다른 고통이었다. 허파를 관통당한 학관이가 소리를 크게 지를수록 또 다른 고통이 신체 내부를 공격하는 것이었다. 결국 소리를 지를 만큼 아파올 때도 끙끙 앓는 신음으로 고비를 넘어야 했다. 온 몸에 고통의 신들이 잔치라도 벌이는 것 같았다. 거기다 한 술 더 떠 사람들이 자꾸 말을 시켰다. 말하기 힘든 상황인 걸 뻔히 알면서도 어떻게 사건이 벌어졌는지 묻고 또 물었다. 사람들이 순번을 바꿔가면서 학관이에게 고통을 주려고 작심한 것 같았다. 동녘이 훤해지고 있었다.

지서에 전화벨이 급하게 울렸다. 김 경사가 받았다. 이석우와 이학관은 다시 트럭 화물칸에 실렸다.

"진부면으로 갑시다. 거기 진부의원에서 대기하다가 헬리콥터가 그리 오니까 그걸 타고 육군병원으로 갑니다."

지서 안 장작 난로에서 추위를 녹이던 김기운은 다시 트럭으로 가 크랭크를 앞 범퍼 중앙에 꽂아 넣고 힘껏 돌렸다. 크랭크를 서너 바퀴 돌리자 가래 끓는 소리를 내면서 트럭은 시동이 걸렸다. 고맙다는 듯 김기운은 앞바퀴 휀더를 툭툭 쳐 주고 운전석에 올라앉았다. 잠시 후 두 부자(夫子)는 경찰관과 예비군들을 태운 채 진부령을 넘어 갔다.

현장

이석우와 이학관 부자를 지서로 내려 보낸 뒤 하일 주임은 군병력이 올 때까지 주변을 안전하게 방어하기 위해 횃불을 만들라고 지시했다. 10분도 안 돼 예비군들이 장작 끝에 헝겊을 묶고 기름을 묻힌 횃불을 하나씩 켜 들기 시작했다. 주변은 예닐곱 개의 횃불로 어둠이 조금은 밀려 나갔다. 잠시 후 11사단이라면서 1개 중대가 최순옥씨의 반달형국 집으로 올라왔다. 지휘관은 대위계급장을 단 중대장이었는데 병사들의 몰골도 말이 아니었다. 그는 하일 주임의 상황설명을 듣고 그 역시 병력을 이동시키지 않았다.

"우리는 단순 알보병이니까 날이 밝던지 수색대나 공수부대가 올 때까지 대기해야 합니다. 이대로 외길을 따라 올라가다가 매복에 걸리면 안 되거든요. 좀 더 기다립시다."

동네 주민들은 "저것들이 겁이 나서 못가고 있다"며 수근거렸다. 그 중대장도 병사들에게 횃불을 만들라고 했다. 졸지에 그 지역은 화진민 부락 중 가장 밝은 새벽을 맞고 있었다.

20분 쯤 경과 했을 때 얼룩무늬 군복을 입은 군인들이 사람만한 셰퍼드 군견 두 마리를 앞세우고 도착했다. 하 주임은 그들의 왼쪽 가슴에 흰색 공수윙이 부착된 것을 보고 공수부대라는 걸 알았다. 지휘관은 사건 청취를 한 다음에 그 집의 위치를 잘 아는 사람을 찾았다. 구경꾼처럼 몰려 든 사람들 모두가 그 집을 알고 있었지만 아무도 자청하고 나서는 사람이 없었다. 그때 최순옥이 나섰다. 그러자 공수부대 지휘관이 부탁했다.

"저희를 그 집까지 안내 좀 해 주실 수 있겠습니까?"

"그러지요. 머… 내 따라와요."

공수부대원들이 주변 경계로 그녀를 호위하면서 외길을 전진했다. 그 병력 뒤로 경찰관과 보병들이 따라 붙고, 주민들도 슬금슬금 뒤따라 왔다. 하늘이 하얗게 변하면서 동이 크고 있었다.

이석우의 집에 도착했을 때는 사물이 환하게 보일만큼 날이 밝아왔다. 안개도 많이 걷혀 있었다. 가끔 이석우의 집을 들렀던 최순옥은 집안 구조를 잘 알고 있었다. 그녀가 마당에서 보니 안방 문짝은 위쪽 경첩이 빠져나와 절반쯤 밖으로 기울어진 채 덜렁거렸다. 한 걸음 더 들어가면 왼쪽에 안방과 연결된 부엌이 보였다. 그 속은 난장판이 돼 있었다.

"아이고… 쯧쯧쯧…"

그녀는 시신을 수습할 각오를 했다. 그러나 선뜻 들어갈 수가 없었다. 신발을 벗어두던 댓돌엔 피와 흰 뇌수가 머리카락에 뒤섞인 채 흥건했다. 열린 방문으로 방안을 기웃거렸다. 어두컴컴한 방안은 형체가 분간하기 어려울 정도였다. 벽에는 시커먼 옷인지 뭔지 걸려 있는 듯했고 승복이 책상도 어질러진 채 방 가운데로 나뒹굴어져 있었다. 그런데 아이들이 안 보였다. 건너방문을 잡아 당겨 보았다. 뒤집어진 대야 밖으로 메주콩들이 흩어져 있었고 손절구 속에 찧다 만 노란 메주콩에 붉은 피가 섞인 채 남아 있었는데, 아이들의 엄마 주대하는 보이지 않았다.

사주경계와 수변 수색을 하던 공수병들이 군견을 데리고

마당으로 들어서고 있었다. 군견 두 마리가 씩씩대며 목줄을 잡은 병사를 힘 있게 끌고 갔다. 한 마리는 퇴비장 맞은 편, 그러니까 부엌에서 튀어나온 외양간 외벽의 오물통 부근으로 병사를 이끌었다. 마른 옥수수 대들이 어지럽게 깔려 있었다. 군견이 그 옥수수 대를 헤치며 컹컹 짖었다. 병사들이 옥수수 대를 걷어내자 세 구의 아이들 시체가 나왔다. 전부 머리가 오물통에 던진 채로였다.

"여기 시체가 있습니다!"

최순옥이 달려가 보더니 울음을 터뜨렸다. 그런데 아이들 엄마는 보이질 않았다. 그때 또 한 마리의 군견이 맞은 편 퇴비장으로 군견병을 끌고 갔다. 검은 두엄이 더미를 이루고 있는데 그곳을 앞발로 긁고 있었다. 잠시 후 사람의 맨 발이 드러났다.

"또 찾았습니다!"

최순옥은 퇴비장으로 고개를 돌리다가 엎드려 있는 주대하의 시신을 보게 됐다. 그녀는 잠시 주저앉은 채 통곡을 했다. 공수부대원들이 부엌 뒷문으로 걸어둔 거적대기를 들고 왔다. 병사들이 거적을 마당에 깔아두고 시신을 옮겼다. 시신들은 온통 오물을 뒤집어 쓴 채 지저분해져 있었다. 주대하, 이

승복, 이승수, 이승자 순서로 시신을 눕힐 때까지 최순옥은 땅을 치며 통곡했다. 그녀가 눈물 사이로 시신을 바라보았다. 너무 지저분해서 이대로는 보낼 수는 없다고 여겼다. 그녀는 눈물을 훔치고 방으로 들어가 떨어져 있는 옷가지를 들고 나와 죽은 주대하의 얼굴에 묻어있는 오물과 검불들을 하나하나 제거해 갔다. 그녀는 엉엉 울면서 살아있는 사람에게 이야기하듯 "그래, 그래. 동상. 고생 많았다. 잘 가래이"라며 주대하의 머리를 들어 온전하게 보일 수 있도록 옷가지로 오물을 닦아냈다.

주대하의 시신을 어느 정도 닦아 내자 이번엔 승복이 차례였다. 그녀가 가장 귀여워했던 아이였다. 살아있을 때 승복이가 자기에게 하던 말들이 생생하게 떠오르는데 막상 자신의 앞에는 저 세상으로 간 아이가 더러운 오물에 범벅된 채 누워있으니 슬픔은 극에 달했다.

"아이고, 승복아, 이게 우짠 일이냐."

그녀는 펑펑 울면서 승복이의 머리를 들어 오물을 닦아내려는 데 승복이의 턱이 아래로 툭 내려앉았다. 그녀가 한 손으로 턱을 받쳐 올려 다물게 했는데 손을 떼면 힘없이 아래로 툭 하고 다시 벌어졌다. 새벽에 학관이가 했던 말이 생각나는 것이다.

"아이고, 이대로는 안 되겠네… 잠시만 기다려라… 턱이 요래 째지면 밥은 우찌 먹노. 저승가서도 밥은 얻어먹어야 할 거 아이가."

그녀는 승복이를 다시 누이고 방으로 뛰어 들어가더니 이불 호청을 길게 찢어들고 나왔다. 훌쩍이며 그녀는 승복이의 머리를 이불 천으로 아래위를 감아매고 있었다. 장교 계급장을 단 군인이 뒷짐을 진 채 시신들의 상태를 살피다가 최순옥이 하는 행동을 유심히 보고 있었다. 시신의 입이 찢어져 있는 것이다. 전시에 나타나는 상흔치고는 몹시 이상했다. 보다 못한 그는 최순옥에게 물어보았다.

"아주머니, 그런데 아이 입은 왜 찢어진 걸까요?"

"아이고. 그 나쁜 놈들이 글쎄 공산당이 싫다고 했다고 이렇게 입을 잡아 쨌다잖아요… 아이고 나쁜 놈들… 애가 무슨 죄가 있다고…"

10장
짓이김

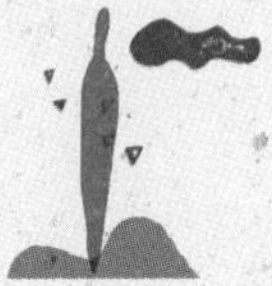

그리움에 불안감이 뒤섞이면 불길함이 되곤 한다.
그리고 종국에는 아주 괴로운 슬픔으로 남게 될 것이다.
…
그래도 과연 살아갈 수 있을까.

후송

"타다다다다…"

UH-1H 헬리콥터가 진부령의 헬기 착륙장에 깔린 눈발을 불어세우며 부드럽게 내려앉기 시작했다. 국방색 동체의 정면에 하얀 사각형과 빨간 십자 표시가 붙은 국군병원 소속의 응급헬기였다. 진부면 주민들이 전부 구경나온 듯 진부령 벌판 끝에 일렬횡대로 도열해 있었다. 그들 앞으로 헬기 착륙장소를 향한 두 대의 군용 들것이 군인들에 의해 운반 중이었다. 들것 중 한 쪽에 유독 군인들이 많이 몰려 있어 한 눈에도 거기에 응급환자가 실렸음을 알 수 있었다. 카메라를 든 대여섯 명의 기자들이 음식 주위로 몰려 든 파리떼처럼 이리 저리 쏘다니며 셔터를 누르곤 했다.

"커… 억… 커… 억… 커… 억"

학관이는 들것에 모로 누운 채 개신거리는 숨소리로만 생존신호를 내보내고 있었다. 수색대 위생병은 고향집 동생 같은 소년에게 자신의 몸으로 불어 닥치는 헬기의 강풍을 막아 주며 외쳤다.

"이제 조금만 견뎌! 병원에 도착할 거다!"

그는 구급낭속 압박붕대를 학관이에게 몽땅 감아 주었지만 여전히 붕대가 모자라 갖고 있던 수건을 찢어 지혈을 보강했다. 학관이의 피범벅 된 더벅머리는 얼어붙어 검붉은 벼슬의 수탉 같았다. 숨을 내쉴 때마다 그의 등에서는 분홍색 피거품이 옷 속에서 피어올랐다가 꺼지며 짜글짜글 하는 소리가 들렸다. 위생병도 난생 처음 들어보는 소리였다.

가끔씩 전신 경련을 일으키던 학관은 의식의 바다에서 떴다 가라앉다 반복하고 있었다. 그를 감싼 군용 모포는 핏물이 번지다 얼어붙어 분홍색 얼음으로 뻣뻣해져 있었다. 카빈총을 맨 군인들이 한 손으로 철모를 누른 채 헬기가 불어대는 바람의 반대쪽으로 고개를 돌렸다. 학관의 의식이 잠깐 떠오르자 추위에 이빨을 다닥거리며 눈을 떴다. 총과 군인이 가까이 있었다. 엄마와 동생들에게 이야기 해줄만 했다. 학교 친구들에게도 이야기꺼리가 되어 줄 것이다. 그런데 엄마와 동생들은 지금쯤 어디에 있을까? 소년 곁에 있던 군인의 카빈 총구 끝에서는 하얀 눈가루들이 달라붙었다가 이내 날려 버리곤 했다. 그중 하나는 운 좋게 총구 끝에 얼어붙은 채 파르르 떨긴 했지만 끝내 날아가지 않았다. 날아가지 않은 그 눈송이가 학관의 뇌리 깊숙이 내려앉고 있었다. 그는 모포 끝자락을 쥔 손에 힘을 주다가 의식 저 밑으로 다시 가라앉았다.

학관의 들것 옆으로 왜소하게 보이는 이석우가 들것에 누웠다. 그 역시 부상자이긴 했지만 아들에 비해 상태가 양호했다. 헬기가 착륙을 끝내자 군인들이 두 사람의 들것을 들어 옮겼다. 흔들리던 소년은 졸음이 쏟아진다고 느꼈다. 억지로 눈을 떴을 때 먼발치에서 사람들이 옆으로 나란히 선 채로 자신을 보는 장면이 들어왔다. 신기하게도 멀리 떨어졌을 텐데 그들의 표정이 또렷하게 보였다. 모두가 학관이를 동정하면서도 불안하게 바라보고 있었다. 연민과 불안에 찬 시선들이 한꺼번에 소년을 점점 더 불안한 잠 속으로 밀어 넣는 듯했다. 자지 않으려고 어금니를 깨물었지만 호롱불 꺼진 그믐밤 뒷

방처럼 갑자기 모든 것이 어둠 속으로 녹아 들어갔다.

"눈을 떠! 이눔아! 자면 죽는단 말이야. 학관아! 눈 떠 이 새끼야!"

웅웅 거리는 엔진소리가 프로펠러소리보다 더 크게 들리는 가운데 학관이의 귀에 대고 아버지가 고래고래 소리치고 있었다. 학관이는 눈을 떴다. 철판으로 만든 방에 들어온 듯했다. 아버지는 계속 소리쳤다.

"늙은 어마이하고 너 새끼 하나 남았는데, 너까지 잃으면 안 돼. 야 이놈아! 눈을 떠! 자지 말란 말이다!"

아버지가 울고 있었다. 이 또한 처음 보는 장면이었다. 열린 문짝으로 칼날 같은 찬바람이 쏟아졌다. 비로소 헬리콥터로 날고 있다고 느꼈다. 고개를 조금 돌리자 겨울 아침 햇살이 하얀 이불호청 같은 대관령을 비추고 있었다. 그 너머로 푸른 수평선에 햇살이 가루가 되고 있었다. 학관은 눈이 부시다는 생각을 했다. 어디부터 꿈일지 감이 잡히지 않았다. 의식은 다시 깊은 바다 속으로 가라앉았다.

학관은 그 사흘 뒤에 깨어났다. 그는 무장공비들로부터 서른여덟 군데나 칼을 맞고 과다출혈로 혼수상태에 빠졌었다. 등에서 가슴으로 칼이 관통한 곳에서 가장 많은 피가 흘렀었다. 한 때 심장이 정지하는 바람에 국군병원 군의관들이 소생술을 포기한 채 상처들을 대충 꿰맨 뒤 시체로서 소년을 영안실로 보냈었다. 영안실의 영선병 병사들은 망가진 봉재인형처럼 온 몸에 바느질과 실밥들을 달고 나타난 비쩍 마른 시체를 바퀴달린 이동침대에서 스텐리스 시체 작업대로 들어 옮겼다. 숙련된 감정 노동자들인 그들은 무표정하지만 여전히 익숙한 동작으로 말라붙은 피를 닦아낸 뒤 염포를 입혔다. 그러다가.

"아이구! 씨바. 놀래라!"

한 병사가 갑자기 욕설을 내뱉으며 시체 옆에서 벽 끝으로 물러났다. 눈을 크게 뜬 그의 얼굴빛은 사색이 되어 있었다. 동료들이 시체와 병사를 번갈아 쳐다보다가 병사가 덜덜 떨리는 손으로 가리키는 곳을 보았다. 염포를 입힌 시체의 손가락이 가늘게 떨리고 있었다. 이번엔 다른 병사들도 놀라서 뒤로 물러났다.

"으악! 이기 뭐고? 아직 살았네!"

다행히 병사들은 재빨리 이성을 찾고 행동에 옮겼다. 그로 인해 소년은 시체에서 중환자로 거듭나며 시체 작업대에서 이동침대로 옮겨져 황급히 응급실로 되돌려졌다. 다시금 산

소호흡기와 수혈장비와 링거 호스들이 소년의 생명을 거미줄처럼 칭칭 감은 채 죽음의 신과 줄다리기를 시작했다.

죽음의 신은 사흘째가 되어서야 물러서기 시작했다. 소년이 깨어난 것이다. 그가 눈을 떴을 때 초췌한 몰골의 아버지가 그의 침대에 기대 잠들어 있는 모습이 눈에 들어왔다. 의료진에 의해 입에서 산소호흡기가 제거되자 소년은 탁한 소리로 말했다.

"아부지… 집에 가요."

학관은 하고 싶은 말 중 엄마와 동생의 불안한 안부보다 집을 먼저 말했다. 왠지 사건 현장에 함께 있었던 엄마와 동생 이야기를 꺼내면 그때까지 살아있던 엄마와 동생들이 더 이상 살아있지 못할 것 같았다. 그렇다고 집이 안전한 장소도 아니었다. 가장 안전하다고 믿었던 집에서 그 난리가 났으니까. 하지만 학관에게서 엄마와 동생들 이야기를 빼고 나면 할 이야기는 집 말고 없었다. 집 이야기를 했지만 아버지의 입으로부터 엄마와 동생들의 소식이 들려지기를 기대했다. 그런데 아버지도 애써 피하고 있었다.

"정신이 들었네? 이제 좀 살아나간디? 집은… 좀 더 낫고 가야지…"

학관은 아버지의 눈치를 보았다. 돌연 엄마와 동생들을 향한 감정은 맑은 물 같은 그리움이 되었는데 그 속에 떨어진 먹물덩어리처럼 불안감이 번지고 있었다. 그리움에 불안감이 뒤섞이면 불길함이 되곤한다. 그리고 종국에는 아주 괴로운 슬픔으로 남게 될 것이다. 학관은 어렴풋이 예감하고 있었다. 불안감이 점점 더 많아질 것이란 걸. 그래도 과연 살아갈 수 있을까.

11장

찢김

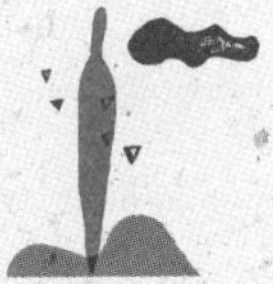

그는 방아쇠를 당겼다. 그런데 방아쇠도 움직이지 않았다.
권총을 살펴보니 방아쇠울이 얼어붙어 있었다.
잠시 멍하니 앉아 있던 김익풍은 한숨을 쉬었다.
이놈의 세상은 이래도 저래도 안되는 것이 있는 법이다.
바닥에 권총을 던져버린 그는
자신이 살아왔던 세상에서 다른 세상으로 몸도
던지기로 결심했다.

돌아가는 길

혼자 남은 김익풍은 겨울산을 헤매며 홀로 북상을 시도했다. 밀로(密路) 정찰로 휴전선을 세 번이나 넘나들었던 경험이 그의 자신감을 받쳐주는 마지막 희망이었다. 화전민 가옥에 몰래 들어가 옷가지와 먹을 것을 훔쳐 배를 채우며 다시 산을 탔다. 이제는 정확한 날짜개념도 사라졌고 시간 개념도 무뎌졌다. 숨어서 잠들었다 깨면 몇 시간을 잤는지도 고장나 버린 시계로는 알 수 없었다. 오직 하늘에 걸린 달을 보며 대충 짐작만 할 뿐이었다. 삼척을 지난 지 일주일 정도였으니 그는 오대산 부근일 거라고 짐작만 했다.

국군은 아직도 자신들을 뒤쫓고 있었다. 내려올 때 15명 1개조의 정치부소대장이던 그는 부하와 동료를 다 잃고 홀몸이 되어 있었다. 낙엽 속에 몸을 파묻고 눈을 떴을 때 이 세상이 아니기를 바라며 눈을 감았지만 그의 목숨은 질겼다. 모처럼 고향 선천이 생각이 났다. 어머니와 아버지의 얼굴, 큰 형 익화와 형수의 얼굴… 여동생들의 귀엽 떨며 웃던 모습…그래도 이렇게 사라지면 가족들은 애국열사의 집안이 되니 후회는 없었다. 오랜만에 눈물이 다 났다. 양말장갑 낀 손으로 눈물을 닦다가 콧물도 닦아냈다. 별이 총총한 겨울밤의 풍경은 북이든 남이든 다를 것이 없었다. 오늘 따라 달도 야위어 가서 조금 굵은 손톱 같았다. 저대로라면 일주일쯤 뒤에 그믐밤이 될 것이다. 그때까지 휴전선에 도착하면 복귀할 수 있다고 생각했다. 선배들도 남파됐다가 복귀했는데 자신도 할 수 있을 것 같았다. 두 시간만 눈을 붙이다 일어나 움직이자고 생각했다. 낙엽을 덮고 누웠다. 눈을 감았다. 바로 그때.

그의 어깨를 뭔가가 지그시 눌렀다. 위장을 잘 못했다면 국군에게 들킨 것이겠지만 주변은 다른 병력들의 움직임이 느껴지지 않았다. 그렇다면 곰 같은 맹수인가? 그는 꼼짝을 하지 않았다. 잠시 후 김익풍의 어깨를 누르던 물체가 몸 전체로 덮쳐왔다. 김익풍은 반사적으로 그 물체를 붙잡았다. 사람이었다. 자기와 아주 닮은 거지 몰골의 사람. 낙엽이 흩어지며 바스락 소리를 냈지만 김익풍은 개의치 않고 자기에게 넘어지듯 쓰러진 존재를 일어나 앉아서 살펴보았다. 다른 지대 출신의 공비였다. 탈진한 모양으로 숨은 고르게 쉬고 있었다. 익풍은 낙엽을 끌어 모아 그를 위해 덮어 두었다. 위장이라도 철저히 해야 할 것 같았다. 그는 자신의 몸에도 낙엽을 덮으며 '잠시 눈 좀 감고 생각을 해 보자'라면서 깊은 잠에 빠져버렸다.

아침 햇볕이 강렬했다. 눈을 뜨자 새벽에 있었던 일이 생각났다. 벌떡 일어나 앉아보니 곁에 눕혀 둔 친구가 벌써 눈을 뜨고 있었다. 그가 말했다.

"동무, 콜록… 콜록… 여기가 북이오, 남이오?… 으… 콜록 콜록…"

"아직 남반부지…동무는 소속이 어데요?"

"124군부대 5지대… 콜록… 콜록… 소속이오. 동무는?"

"3지대 정치부 소대장 김익풍이오."

"하, 부소대장 동지구먼. 콜록… 이놈의 기침이… 콜록… 난 박하성 대위요."

"이렇게도 만나네. 반갑수다…"

"김 동지…난 도저히… 콜록 콜록… 허기가 져서 못가겠소… 벌써 5일 동안 쫓기느라… 으… 콜록 콜록… 우리 저 아래 민가로 내려갑시다."

그의 기침은 거의 발작성이었다. 한번 터지면 두세 번은 기본으로 연속적이었다. 김익풍은 그를 보면서 이대로는 오래 못 버티겠다는 생각이 들었다. 그러나 지금은 김익풍도 다른 방안이 없었다. 잡히면 잡히는 대로 가 보자는 생각이 들었다. 만사가 귀찮아진 김익풍은 먼저 일어섰다. 박 대위가 일어나는 걸 보니 총도 보이지 않았다. 두 공비의 외모는 그냥 거지일 뿐이었다. 두 사람은 의지하며 얼어붙은 산길을 엉금엉금 기다시피 아래로 내려갔다. 산은 꽤 높다는 걸 내려오면서 알게 됐다. 인적도 없고 지겨울 정도로 따라붙던 국군도 보이질 않았다. 숲은 길이 없는 듯 나타났다가 다시 사라지곤 했다. 적접(敵接) 행동이 필요 없는 듯 두 공비는 북녘 고향 뒷산을 산책하는 느낌이었다. 김익풍 중위가 그간의 전투 경과를 주섬주섬 하소연 하듯 애기하자 박하성 대위도 죽다 살아난 경험들을 늘어놓았다.

"콜록 콜록… 그렇게 돼서 일곱 놈이 남았을 때…콜록 콜록… 아 이놈의 기침이… 아마도 우리 조가 가장 먼저 북상 중이었을끼야. 김 중위래 11월 2일날 들어왔다지만 …콜록콜록… 나는 10월 30일에 들어와서 작전을 시작했으니끼니… 콜록콜록… 일주일 전에 계방산까지 갔는데 어딜 털어야 갔더라고… 콜록콜록… 배가 고파서 애들이 기동이 영 시원찮아서리. 한 낮에 외딴 집 하나를 골라서 야밤에 덮쳤지… 콜록콜록… 으… 콜록콜록…"

"박 동지. 거 힘들면 말 마오. 기침이 너무 심해서…"

"일 없소. 상관없소. 단지 기침이 좀 심한 것뿐이니… 콜록콜록… 걱정 마시오."

"근데 박 동지 혼자 있는 걸루 봐서…괴뢰군하고 한 판 붙었소?"

"아니오. 기게 말이지… 콜록콜록… 애새끼들하고 애미나이만 있는 집이라서 …콜록콜록…순순히 식량만 갖고 갈 생각이었거든… 콜록콜록… 그 애미나이가 메주를 만드는 기야. 김 동지는 메주라고 아오? 거 된장 만드는… 콜록콜록…"

"알지요 누런 콩을 삶아서리…"

"기래. 기래. 맞아. 그날 고거이 정말 원없이 퍼 먹었네. 햐…고거이 딱딱허지도 않고 고소하니 참 맛있었는데…"

다른 세상으로 몸을 던지다

두 사람 간 대화는 거기서 끝이 났다. 나뭇가지 사이로 초가집 지붕이 나타나는 것이다. 침투 행동을 시작했다. 제법 큰 초가집이 중턱에 있는 것이다. 지붕 크기로 보아서 조금 사는 집인 모양이었다. 아직 이른 아침이라 사람들이 보이지 않았다. 먹을 걸 훔치는 수박에 없으니 숨을 데를 찾아야 했는데 담장도 없는 초가집 밖으로 넓은 공터 같은 곳에 옥수숫대를 삼각뿔 형태로 쌓아둔 곳이 보였다. 김익풍은 권총을 뽑아 들었다. 총구부터 총열 전체가 벌겋게 녹이 슬어 있었다. 그가 선두에서 접근했다. 그리고 누구에도 들치지 않은 채 두 공비는 옥수수 대를 비집고 그 속으로 들어갔다.

여기서 동태를 살피다 집으로 들어갈 계획이었다. 그때였다. 일단의 군인들이 대거 나타났다. 카빈과 M-1소총을 맨 한국군들이 공비색출 작전을 하다 이 넓은 공터로 모여 든 것이다. 대충 1개 소대는 될 듯싶었다. 가만 보니 카빈을 들고 있는 자들이 장교나 하사관들이었고 M-1을 들고 다니는 자들은 사병들이었다. 마당에 네 정씩 총을 세워두고 저마다 모닥불을 놓고 있었다. 가장 가까운 곳이 10미터 정도의 거리였다.

지휘자들이 불을 쬐며 서로 하는 말이 들렸다.

"이제 거의 끝나가지요?"

"본부에서는 이번 주가 지나면 작전이 끝날 것 같다는데요?"

"아이고, 집에 좀 갔으면 좋겠다. 이 놈의 공비들 때문에 마누라 못 본지도 한 달이 다 돼 가네."

"쫌만 더 고생합시다. 거의 다 잡았다는데…"

간밤에 부근에서 매복 작전을 끝내고 아침 식사를 위해 밖으로 나온 것이다. 그때였다. 김익풍 옆에 쪼그린 채 숨죽이던 박 대위가 터져 나오는 기침을 참으려 손으로 입을 막고 있었다. 김익풍은 순간적으로 여기서 들키면 그야말로 개죽음이 된다고 생각했다. 그런데 이미 박 대위의 손가락 사이로 기침이 새어나오며 소리가 나기 시작했다.

"커커커…"

그의 손가락 사이에서는 붉은 피가 주룩 흐르고 있었다. 김익풍은 그의 입을 틀어막았다. 그가 김익풍의 손을 밀어내려 했다. 김익풍은 박 대위의 귀에 대고 "쉿, 조용히 하라우"라며 그의 손으로 박 대위의 기침을 막아내고 있었다. 그런데 박 대위는 필사적으로 고개를 좌우로 흔들며 김익풍의 손에서 벗어나려 애를 썼다. 그럴수록 김익풍은 그의 입을 세게 막아야 했다. 드디어 박 대위는 발버둥을 치기 시작했다. 순간 그의 입이 김익풍의 손에서 벗어났다. 그는 가쁜 숨을 들이쉬더니 연이어 기침을 터뜨렸다. 피도 함께였다.

"우웩… 콜록콜록… 우웩…"

김익풍은 "이런 제기랄 것." 하면서 권총을 뽑아들고 옥수수 대 밖을 살폈다. 때마침 가장 가까이서 불을 쬐던 군인들은 저만치로 모여서 무슨 회의를 하는 듯 아무도 없었다. 다만 회의를 하는 무리 중 한 명이 자꾸 이쪽 옥수수 대를 흘끔거리는 게 보였다. 박 대위의 기침소릴 들은 것 같았다. 그러다 더 이상 관심을 두지 않는 듯 회의에 몰입했다. 김익풍은 가슴을 쓸어내렸다. 박 대위를 살펴봤다. 그는 기침으로 기진한 듯 땅바닥에 두 팔을 집은 자세로 헉헉대는 중이었다. 그가 김익풍을 올려다보더니 말을 했다.

"미안하오… 콜록콜록…"

이내 그 스스로 기침 소리를 막았지만 어느 정도 밖으로 새나갔을 것 같았다.

김익풍이 그의 얼굴에 귀를 갖다 댔다. 그가 소곤거리는 편이 더 나을 것 같아서였다.

"김 동지… 나 아무래도 어려울 거 같아… 우리 여기서 끝장내자… 커, 컥…"

그는 자신의 품 속을 뒤지더니 방망이 수류탄을 꺼내들었다. 김익풍의 눈이 휘둥그래졌다. 여기서 지금 어쩌자는 건가? 같이 죽자는 말인가? 이 미친놈이… 김익풍이 수류탄을 잡았지만 그도 놓질 않았다. 게다가 안전핀을 잡아당기려 했다. 김익풍은 박 대위의 면상에 주먹을 날렸다. 다행히 수류탄은 그의 손에서 벗어났다. 그런데 그게 옥수수 대 밖으로 절반쯤 삐죽 나가버렸다. 밖에서 잘 관찰하면 충분히 보일 정도였다. 김익풍에게 얻어맞고 수류탄을 놓친 박 대위가 정신을 차리더니 이번엔 김익풍의 면상을 가격했다. 뒤로 나가떨어지면 모든 게 끝장이었는데 김익풍은 견뎌냈다. 그 사이 박 대위가 수류탄을 옥수수 대 안으로 끌어 들였다. 김익풍은 허리춤에서 대검을 꺼내들었다. 박 대위가 수류탄 자루를 쥐더니 다른 손으로 안전핀에 손을 대는 순간 김익풍은 왼손으로 그의 입을 막았다. 동시에 그의 오른손에 들려진 대검이 박 대위의 쇄골 사이를 위에서 아래로 관통했다.

야전에서 간부회의에 참석했던 최 중사는 아까부터 옥수수 대쪽에서 이상한 소리가 들리는 듯해 자주 그쪽을 보고 있었다. 간부회의가 끝나고 식사추진 때까지 시간이 남아있었다. 그는 옥수수 대를 확인하고 싶어 카빈 총을 맨 체 어슬렁어슬렁 걸어갔다. 최 중사는 담배를 입에 물고 제자리에 잠시 멈추었다. 담뱃불을 붙이느라 둔 손으로 불을 가리다가 우연히 그의 시선이 옥수수 대 밑으로 가게 됐다. 검은 농구화 같은 발이 반쯤 옥수수 대 밖으로 삐져나와 있는 게 아닌가. 게다가 약간의 움직임도 있었다. 그의 입에서 담배가 땅에 떨어졌다.

한편, 쇄골 사이로 대검이 박힌 박 대위는 경련을 하다 몸에서 힘이 빠져나갔다. 김익풍은 옥수수 대 사이로 밖을 관찰했다. 회의인지 뭔지 모였던 국군들이 흩어지고 있었다. 그는 최 중사가 다가오는 모습을 보지 못했다. 수류탄을 집어 자신의 품속에 밀어 넣었다. 저 남조선 괴뢰들이 자리를 이동하기 전까지는 꼼짝없이 여기 숨어 있어야 했다. 기구했다. 동료를 죽이지 않으면 안 되는 상황이라니… 그렇게 힘들면 혼자 곱게 갈 것이지… 박 대위를 원망했다.

그 무렵 최 중사는 은밀히 병력들을 불러 모으고 있었다.

"저 옥수수대, 공비가 있다. 생포하던지 안 그러면 갈겨버려야 한다. 따라와!"

병사들이 옥수수 대를 반원형으로 포위했다. 뒤쪽으로는

산비탈이 시작되니 도망가도 소용없을 곳이었다. 연락을 받고 중대장이 헐떡거리며 달려왔다. 그는 손나팔을 만들어 소리쳤다.

"어이! 무장공비! 옥수수 대 안에 있는 거 다 안다! 투항하면 살려준다.! 손들고 나와라!"

김익풍은 이 소리를 듣고 밖을 내다보았다. 이미 수십 명의 병사들이 자신을 향해 조준사격자세를 취하고 있었다. 이젠 끝났다고 생각했다. 머릿속에 입력된 대로 행동하면 된다. 미련도 없다. 나 하나 죽으면 가족들은 행복하게 잘 살 수 있다. 당에서 배려해 주기 때문에. 그는 박 대위가 사용하던 수류탄을 다시 꺼냈다.

'미련 없다. 죽으면 이젠 좀 편히 쉴 수 있겠지.'

안전핀 고리에 손가락을 끼우고 확 잡아당기는 순간 자기도 모르게 "에이 썅" 하는 욕이 나왔다. 세상을 향한 욕이었다. 하나, 둘, 셋, 넷, 다섯! ...여섯? 이게 터지지 않았다? 불발탄이었다. 밖에서 다시 소리가 들렸다.

"무장공비는 투항하라! 투항하면 살려준다!"

김익풍은 권총을 뽑아 실린더를 뒤로 후퇴시켰다. 실린더가 자동으로 앞으로 나가면서 장전되어야 할 총이 가다 멈췄다. 벌건 녹 때문인 듯 했다. 그는 손으로 밀어서 비로소 장전시켰다. 총구를 머리에 댔다. 이젠 간다! 이놈의 세상! 이젠 좀 쉬자! 그는 방아쇠를 당겼다. 그런데 방아쇠도 움직이지 않았다. 권총을 살펴보니 방아쇠틀이 얼어붙어 있었다. 잠시 멍 하니 앉아 있던 김익풍은 한숨을 쉬었다. 이놈의 세상은 이래도 저래도 안 되는 것이 있는 법이다. 바닥에 권총을 던져버린 그는 자신이 살아왔던 세상에서 다른 세상으로 몸도 던지기로 결심했다.

"중대장님! 나옵니다. 손을 들고 나옵니다! 자수하는 무장공비입니다!"

〈1편 끝〉

저자 후기

위대한 조선민주주의인민공화국의 마을 이장인 아버지 김상호와 대동리 여맹위원장인 어머니 박순금, 러시아어 학과장으로 잘 나가던 큰 형, 의사였던 형수는 김익풍이 자수 공비가 되던 순간 더 이상 살아있는 목숨이 아니었습니다.

정신질환자가 되어버린 아버지 이석우와 할머니 강순길을 보호해야 하는 이학관은 무장공비들의 칼질에 서른여덟 군데나 찔렸다가 살아남은 열다섯 살 소년이었습니다.

지금부터 48년 전입니다만, 1968년 12월 강원도 평창군에서 실제로 벌어졌던 이 사건은 국민 모두의 마음을 움직이는 사건이었습니다. 그 시절의 한국인들은 전국의 모든 초등학교 교정마다 소년의 동상을 세웠고 그 정신을 기리겠다고 다짐했었습니다. 승복이가 다녔던 학교 부지에 '이승복 기념관'도 세웠습니다. 그리고 온 국민이 단결했지요.

박정희 대통령이 헌정질서를 중단한 채 중화학 공업 육성을 향해 달려갈 때에도 대다수 국민들은 양해했었습니다. 그 시절 한국인의 평균 근로시간은 주당 50.7시간으로 세계 1위를 기록합니다. '10월 유신'을 통해 '10년 안에 100억불 수출, 1000불 소득'을 목표로 통치자가 '절차의 정치제도'라는 민주주의를 유보했을 때조차 대다수 국민들은 순응했고, 그 결과 1977년 말, 이 목표가 조기 달성되지요. 분단 후 남한의 3배나 됐던 북한의 경제력은 완전히 역전됩니다. 그런데 그 무렵부터 우리 대한민국은 물질의 풍요에 정신을 팔기 시작한 것은 아닌지 되돌아보게 됩니다.

이승복 사건이 발생한 지 30년 뒤인 1998년, 대한민국은 이 사건의 조작설 소문에 흥건히 취해 있을 때였습니다. 내로라하는 언론과 방송이 앞 다투어 조작설을 사실처럼 전파했고 대학가에서는 '오보' 전시회를 열곤 했지요. 그 해 가을, 제가 이 사건을 취재해 보았더니 거짓이 아닌 진실이란 사실을 발견합니다. 그리고 법정 투쟁을 거쳐 대법원에서 사실로 확정 판결 받게 된 것은 그로부터 10년 후인 2009년 2월이었습니다.

그 사이 우리 국민들은 슬그머니 초등학교 교정의 동상들을 모두 끌어내 없애버렸습니다. 교과서에 12쪽이나 실렸던 내용들도 흔적도 없이 사라졌고요. 단군 이래 가장 잘 먹고 잘 살게 된 시대를 맞이한 우리는 죽음으로 항거한 소년의 외침도 유가족들의 절절한 아픔도 불과 30년 만에 깡그리 잊어버리는 형편없는 사람들이었던 겁니다.

그 비슷한 시기에 '광주 5·18 기념관'과 '제주 4·3 평화 기념관'이 세워졌습니다. 박정희 대통령의 딸 박근혜가 대통령이던 지난 2014년, 그녀는 독일을 방문하고 드레스덴에서 '통일 대박'이란 내용의 연설문을 남겼었지요. 그 연설을 기화로 '통일 펀드'라는 돈 모으기가 지금까지 진행돼 옵니다. 그 해에 제가 세 기념관의 연간 예산을 살펴보았습니다. '제

주 4·3 평화 기념관'은 50억4천1백39만 원, '광주 5·18 기념관'은 27억4천6백만 원이 책정되어 있었는데, '이승복 기념관'은 달랑 1억 9십만 원이었습니다. 저는 이 정부가 하는 통일 정책은 '쪽박'이 될 수밖에 없는 '대국민 사기극'이라고 결론지었지요.

요즘은 '최순실'과 '박근혜 대통령' 중 누가 더 높은 사람인지 혼란이 오는 중입니다만, 남파 후 자수 공비가 되어 남한에 정착한 김익풍 노인을 원고 마감 후에 만났을 때였습니다. 불우한 노년을 보내는 그 분과 짜장면을 시켜 먹던 중에 텔레비전 방송에서는 '최 씨'와 '박 씨' 두 여성의 작당을 보도하고 있었습니다. 대한민국을 막장 드라마의 반열에 올려놓은 민족사적 인물들이지요. 이 여성들이 대기업의 멱살을 잡아 흔들어 700 억 원이 넘는 돈을 순식간에 끌어 모았다는 기자의 멘트가 흘러나오고 있었습니다. 멍하니 텔레비전을 쳐다보던 그 때 김익풍 노인의 허탈한 웃음과 눈빛 앞에서 저는 참으로 면목 없는 남한 사람이 되어야 했습니다.

직접 묻지는 않았지만 제가 본 그의 눈빛 속에는

'내가 이런 썩어빠진 나라에 항복했단 말인가'하는
회한이 서려있었습니다.

애써 눈길을 돌려 노란 단무지로 젓가락질 하던 순간
'우리가 목숨 걸고 지키려 했던 가치는 무엇이었나.'
'승복이는 무엇을 위해 목숨을 던져야 했나.'
'우리는 그런 승복이처럼 투철하게 살아 왔던가.'
하는 물음들이 젓가락 끝에 대롱거리며
줄줄이 집혀 올려 지더란 말입니다.

결론은,
그 시절이나, 저 옛날 조선시대거나, 혹은 지금에나 간에
우리처럼 길바닥으로 내몰려
개·돼지 취급받는 질경이 족속들은
그저 역사의 수레바퀴에 밟히고 짓이겨지고 찢겨지더라도
살아남은 이파리들처럼 살아가야 하는 모양입니다.

살아남은 질경이들은 과연 어떤 노래를 하는지 궁금해집니다.

좋은 계절이 다시 찾아오겠지요.

그때까지 부디 안녕히 계십시오.

2016년 11월29일

저자 이동욱 올림.

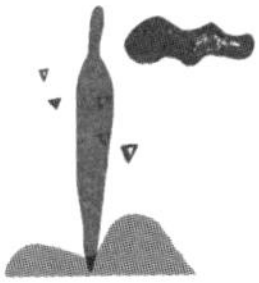

질경이의 노래 밟히고 짓이겨져도 산 사람은 살아야 하는 이야기

펴낸날 초판 1쇄 2016년 11월 29일

지은이 이동욱
펴낸이 김광숙
펴낸곳 백년동안
출판등록 2014년 3월 25일 제406-2014-000031호

주소 경기도 파주시 광인사길 30
전화 031-941-8988
팩스 070-8884-8988
이메일 on100years@gmail.com

ISBN 979-11-86061-52-7 03810

※ 값은 뒤표지에 있습니다.
※ 잘못 만들어진 책은 구입하신 서점에서 바꾸어 드립니다.
※ 이 책은 한국출판문화산업진흥원의 2016년 〈우수출판콘텐츠제작지원〉 사업 선정작입니다.

이 도서의 국립중앙도서관 출판시도서목록(CIP)은 서지정보유통지원시스템 홈페이지(http://seoji.nl.go.kr)와 국가자료공동목록시스템(http://www.nl.go.kr/kolisnet)에서 이용하실 수 있습니다.(CIP제어번호: CIP2016027867)